近思录

那些书和那些人

辛德勇 著

浙江大学出版社
ZHEJIANG UNIVERSITY PRESS

自序

编集在这里的文章，主要是去年秋冬季这一个学期里写的。写这些相对比较轻松一些的文章，客观上，是自从2004年秋天到北大教书以来，平均每个学期每周都要讲10个课时左右的课，再加上写很多比较艰涩的学术论文，工作一直比较紧张。而这个学期，给自己放假休息，没有安排课程，也就多少有了一些闲情逸致。于是，一边翻看书籍，一边随手写下一些心得；另一方面，主观上，年龄越来越大，在紧张的工作中稍一松弛，难免忆起一些往事，从而记下一些与藏书、买书相关的经历。

集子里讲"书"的部分，学术性比较强一些，但也写得比较随意。

做文史研究的人，常常接触古代典籍，其最外在的特征，就是书名和作者的姓名。前辈学者所说"书衣之学"，在很大程度上，首先也就是了解书名和作者的姓名。看似很简单的书名，有时却并不简单，既带有特定的历史文化背景，寄寓着作者的旨趣，同时有些书名也有着特定的衍变过程和因缘。有的古书，说不清作者的姓名，甚至连作者的时代都说不清楚；有的被作者本人或者其他什么人标记为别人的作品；还有些人又把自己的姓名标记在别人的作品之上。这些还都只是最常见的现象，实际情况比这要复杂得多。不管是澄清书名，还是辨明作者的姓名，都是目录学研究中最一般的内容。

譬如，陈寿撰著的《三国志》，缪钺先生曾特地说明，这一书名，乃"千载相承，并无异议"，可按照我的研究，实际上却是名为《国志》。《三国志》只是一种俗称，而"国志"这一称谓，上承自《国风》、《国语》、《国策》等书籍命名方式。这一"国"字，不过是用以表述"国别"的涵义。略晚于陈寿生活的西晋时期，我们还可以看到，北魏时人崔鸿撰著的所谓《十六国春秋》，本名也只是《国春秋》，而在它的前面加上"十六"两字，乃和《三国志》一样，也是一种俗名。

收录在这部文集中的文章，有三篇是讨论欧阳脩撰著的《五代史记》是怎样演变成为今中华书局本之《新五代史》这个名称的。其实，新印古籍时，在保存古书原名与兼顾世俗通称之间，本来是有合理的处理办法的，即内文各卷卷端仍题署原名，而在书衣、也就是书的外皮上题写世间通行的俗称。在中华书局点校本问世之前，绝大多数版本的《五代史记》，也一直都是这样做的。令人十分遗憾的是，这种合理的做法，并没有得到继承。我希望从事古籍整理和出版工作的读者，能够对此给予关注，并且认可上述比较合理的处理方法，从而挽救那些随时都有可能被出版社改变原名的古代典籍。

同样是这部《五代史记》，不仅书名已被今人改成《新五代史》，而且作者的名称，也被写成了"欧阳修"，甚至现在从常用辞书《辞海》，到中学课本和大学教科书，几乎无一不是如此书写，而欧公原名本来是写作"脩"字。今中国大陆通行的简化字方案，既然还保留着这个"脩"字，没有废除，也就没有任何理由非要把欧公之名改写为"修"字不可。其实造成这一局面的主要原因，并不是简化字的推行，而是牵涉到一个对古籍版本题名的认识问题。从明末开始，版刻《五代史记》，或是欧公与宋祁主持修撰的《唐书》（即通常所说的《新唐书》），就妄自将其姓名题作"欧阳修"，进而影响到清代的殿版等各种刻本，直至中华书局过去点校的《二十四史》。于是积非成是，致使现在很多专门研究欧公的专家，也都误以为他的名字本来就有两种不同的写法，怎样写都没有关系。最近中华书局重新修订出版的《新五代史》，虽然保持了古本中"脩"字的固有写法，但就连与事者也未必十分清楚其衍变过程，一般读者更不知所以然了。文集中有三篇文章，即专门辨析欧阳永叔的本名。同样希望各方面学者和出版物，尤其是学校的教材，能够了解相关情况，并尊重历史事实，恢复"欧阳脩"的写法。

另有两篇文章，讲述"孟元老"是很正常、也很普通的人名，不必如时下一些人所为，非要另求他人来做《东京梦华录》的作者，而宋人习惯以"老"为名，自有美好的祈愿。阐述这一问题时，正赶上好友胡宝国先生即将迎来六十寿辰，而他在网上的微博号名"北京同老"，熟悉的朋友私下里也都是以"同老"相称，与孟元老的名字颇为形似，于是，就以戏谑的形式，将其中一篇题作《同老名号考》，为之娱寿，并借此切入问题。这篇文章的实际内容，是非常严肃地论证，宋人以"老"为名，犹如汉唐间人取名千秋、万岁。若是再往大了说，这也是所谓"唐宋变革"当中的一个很具体的事项：老百姓的性命，不过寿老正寝而已，只有君临天下者一人，才能被诹颂为"万岁"。

讲"人"的部分，分为四组。第一组，是讲自己的父亲和恩师黄永年先生；第二组，是讲买旧书的友人；第三组，是讲我在中国社会科学院历史研究所工作期间，与几位师长的书缘；第四组与买书、藏书无关，是追忆北京大学历史系两位离去的师友。岁月无情，年齿日长，不管书情，还是人情，都想多记下来一些，也都有自己的感触。

文集篇末，附上一篇自己的小传。广东人民出版社在年初刚刚策划的《当代学人精品》丛书中，印行了一册《辛德勇卷》。这篇小传，是按照丛书体例的要求而随这部书一并印行的。现在把它附在这里，是把自己也算在了"那些人"中的一员，并留下自己过往的经历。

由于文章写得都比较随便，很率性，即使因书、因人而谈及自己的学术见解，也都是不大"正规"的文章写法，所以，起初只是发布在自己的新浪微博@Xin Deyong上。发布后，一些文章，被新闻媒体做了转载，更蒙《南方都市报》的戴新伟先生垂顾，约去了尚未公布的多篇文稿。这样一来，大多数文章，也在自己微博以外的其他一些报纸或电子媒体做过刊载或转发。最后是由浙江大学出版社郭建中先生的热情帮助，促成了这部小书的编录和出版。在这里，谨向郭建中以及戴新伟先生等各位友人，致以由衷的谢意；同时也衷心感谢新浪微博上各位给予关注和支持，特别是那些帮助指出原稿中各种差误的朋友。

2016年1月23日记

目录

家有椟书

随着"官二代"、"富二代"的流行，衍生出很多类似"血统论"的词汇，所谓"学二代"即为其中之一。对于文史学者来说，除了所从事的专业和领域之外，世代相传的，还有家里的藏书。所谓"书香传家"，形象地说，大概就是这个意思。

看到有同行朋友，出生在这样的书香门第，对其家中藏书的艳羡，总是超过了他的家学熏陶。这是因为在我看来，书是最好的老师。爸爸、妈妈的传授，其实和老师教是一样的，关键在你自己是不是喜欢学。喜欢学，就爱读书，但并不是每一个少年在需要的时候都能读到想看的书。这有些像小苗要浇水，错过了生长发育的关键期，再怎么浇，效果也不会特别理想。

在小学、中学"填表"，都有"成分"一栏。这不是讲你的生理构成要素，比如腱子肉抑或囊囊脐，而是你父亲乃至祖父一辈的"阶级"属性。在针对农村人口划分出来的标准序列里，由下到上，一般的排列次序是：贫农、下中农、上中农、富农、地主，越往上越是坏"成分"，是坏人、坏家庭。每次我都是大大方方地写上"贫农"，这是党所要依靠的神圣劳苦阶级，感觉已经很是不错。但父亲每次看到我填的表格，都很不高兴，非常严肃地告诉我，他从我爷爷那里获得的阶级成分是"雇农"，要求我马上订正过来。

雇农，是农村中常年靠给人做工亦即出卖劳动力以维持生计的人，东北叫"扛长活的"，书面语是"长工"。一个雇农与贫农的区别，在于雇农一点儿土地也没有，甚至没有租种的农田，因而属于地地道道的无产阶级分子，是国家领导阶级中的一员；而贫农则拥有少量的土地，属于有产者，所以只是我党的主要依靠对象。这么一讲，你就会明白，虽然贫穷的程度，不一定差别特别巨大，但这两种人的社会属性，是有根本性差别的。

这么值得骄傲的出身，爸爸当然老早就告诉我了，但填表时，我总还是想填"贫农"，这是因为东北漫山遍野都是荒地，很少有人，家里会穷到竟无立锥之地的地步。雇农太少，没人知道还有这么一档子人。不管官方，还是民间，当时最顺口的说法，是"贫下中农"，即"贫农"和"下中农"，同学以至老师，对"雇农"都很陌生，填写上了，大家看着都很怪异。

出身于这样的家庭，祖上当然不会流传下来什么藏书，甚至没有家谱，也没有《三字经》。但这并不意味着我的爸爸和爸爸的爸爸都没有读过书。我那一生中每时每刻都勤劳不停的母亲，常常唠叨对做家务活儿缺乏积极性的父亲，说"你们辛家人都是'秧子'"，这是包括东北在内北方一些地方对好逸恶劳之人的恶称。对此我很难理解，给老地主扛活儿的雇农，怎么能是"秧子"？妈妈解释说，我爷爷在辽宁开原老家的时候，就好逸恶劳，每天手捧书本，骑着大白马在村子里转。这当然有很多演义的成分。只要见过马跑的人都明白，骑马和看书，是很难兼而事之的。但这个故事说明两点，第一，祖父年轻的时候，在原籍辽宁开原，家境还是不错的；第二，祖父是很喜欢读书的，家里当然也应该有一些书。

但不管什么时候人，若是一迷上读书，往往就不善经营。后来，终于把家产弄没了，又遇到饥荒，爷爷就由辽宁这块"下荒"之地，再往北面更荒的"北大荒"去逃荒，迁徙到今内蒙古东部一个叫阿荣旗的地方，居住下来，并且在这里开始了一个雇农的生涯。大白马没了，书也没了。

爷爷由"逃亡地主"跌落成给人"扛长活"的长工，遭受了很多苦难，四十几岁就去世了，但也给我爸爸留下了一个引以为自豪的好成分。北大荒的人，即使是地主，也未必读书，何况一个雇农的儿子，通常是不大可能上学读书的，但爸爸却很不一样。爷爷病故以后，伯父继续做长工，不知是爷爷去世前有过嘱咐还是怎样，扛长活的伯父，硬是撑着送爸爸上学读书了。勉强读到小学毕业，就在再也无力继续念书的时候，共产党来了，帮助穷人闹翻身。东北农村读书的孩子很少，雇农的儿子能读到小学毕业，更是凤毛麟角。无产阶级新政权刚刚建立，党急需培养家庭出身好的孩子来参加建设。于是，就招收爸爸上中专，学习财会，这同时也就算参加了革命工作。母亲的家庭，经济状况稍好一些，土改时是中农，其他情况则大致相似，那时与爸爸同时学习财会，同时取得了中专毕业的文凭。

爸爸、妈妈一生都是搞财会，只是爸爸中间还做过一小段时间的人事工作。尽管没有机会受更多的教育，爸爸却一直很想读一些书，吸取知识。拮据的生活，没有条件买书。在小时候留给我的记忆中，家里有一个小小的"书立子"，安放在墙上一个掏空的龛洞里（这种东西通常都是放在书桌或办公桌上），上面放着十来本书。其中印象比较深的，是两本小说：一本是《牛虻》，另一本是《虹》。

《牛虻》现在人们依然十分熟悉，而《虹》却已经很少有人知道了。作者瓦西列夫斯卡，是一位波兰籍的女革命作家。1942年，在第二次世界大战的烽火中，她以德军占领下的一个乌克兰村庄为背景，创作了这部反映侵略者暴行和当地人民不屈反抗事迹的小说。小说原文是波兰文，1943年，曹靖华先生就通过俄文译本把他翻译介绍给了中国。当然，这都是我现在重读此书才了解清楚的情况，当时年龄小，只能了解大概的故事情节。

《牛虻》与《虹》

放在自己家里，随时可以看到的小说，只有这么两部。所以，尽管内容很不好懂，这两部书还都是正体竖排，我在小学五年级以前，就看了多次，而且从来没有觉得字体繁简是一个需要考虑的问题。不过这两部书，都给我一种很恐怖的印象，想看，又怕看。对《牛虻》的恐惧，来自封面，感觉阴森森的。根据这一印象，现在知道，那是1953年中国青年出版社的版本。相比之下，小的时候很喜欢《虹》的封面，简洁素雅，也是根据记忆来比对，知道那是1954年人民文学出版社的印本。但这部书让我更感恐惧，恐惧的是它的内容。大概是出于反侵略"战争文学"的实际需要，书中很细致地反复描摹德国军人的种种暴行，读了感觉很不舒服。小的时候看这书，总是看了几页就不得不放下，很难连续读得下去。这两部书，在后来随着父母工作调动而不断迁徙搬家的过程中，都早已不知去向。现在，凭着对封面的记忆，又重新买来，帮助我追忆少年时期读书的心境。看着书的封面，就像看到了自己踩出的脚印。

爸爸经常翻看的书，是两部古典诗词著作：一部是1956年文学古籍刊行社出版的陈婉俊补注《唐诗三百首》，另一部是同一出版社1954年出版的林大椿编《唐五代词》。两书都是正体竖排，小注双行夹行，与现在排印的古书相比，殊显典雅。这两部书，也是父亲留给我的仅有的文史书籍。

爸爸酒量不是很大，但高兴的时候，常常会让我炒两个菜（十几岁我就在家里做饭），陪他喝两杯酒。醉意朦胧间，有时就会翻开书，读几首唐诗，或是五代的词。爸爸这一喜好，给我很大影响，对诗文的节奏和韵律，一直比较敏感。虽然能读懂的不多，但心情轻松时，也常常抑扬顿挫地读上一段古代的诗文。1977年参加高考，初试的作文，被我写成了篇一韵到底的"白话韵文"。《唐诗三百首》和《唐五代词》这两本书虽然都很普通，但却是我最早接触到的古人著述，吸引我对古代诗文产生了浓厚的兴趣。后来我接触到很多研究历史的学者，对古代的诗词毫无兴趣，看到我书架上的诗集、词集，往往很不理解。我想，他们在小的时候，或许未曾有过像我这样的经历。

家里购置的书籍，虽然非常有限，但喜欢读书的爸爸，还常常从工作单位借书回家来看。因为自己喜欢，爸爸努力促成一些他所

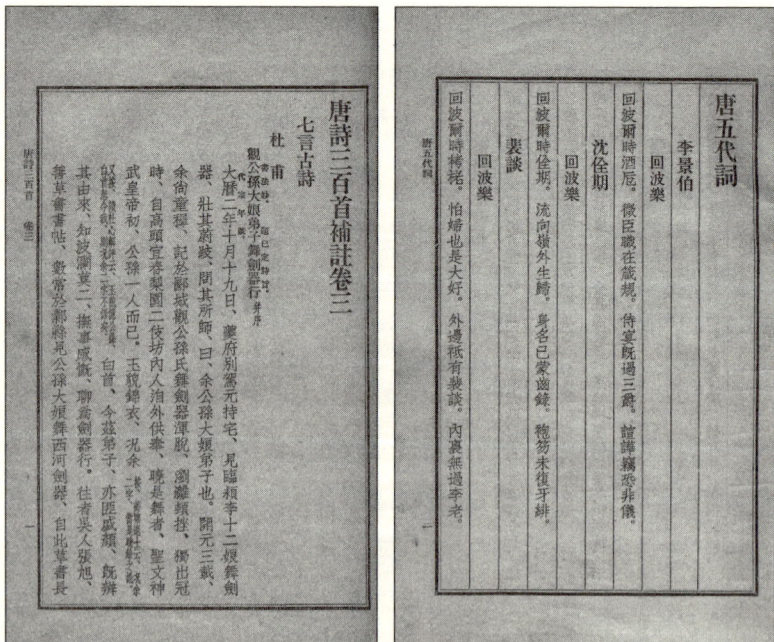

父亲留给我的《唐诗三百首》和《唐五代词》

工作的单位，设立图书资料室。给我印象最深、同时也是让我获益最大的，是高中时期，爸爸从单位图书室一册册借来《史记》、《汉书》阅读，看完一册，还回去一册，前后持续很长一段时间，仔细看完了中华书局点校的《史记》和《汉书》。当时学校大多只有半天上课，在家的时间很多。爸爸上班后，我就看他放在家里的《史记》或是《汉书》。这样，我就随同他一道，读过了这两部重要史籍。

记得当时字典辞书都很少，我常翻看一部《汉语成语小词典》。看到《史记》、《汉书》以后，发现其中有很多四字短语，和通常所说的成语，十分相似，却不见于《汉语成语小词典》。于是，就用一个小本子，抄录出来很多，以备日后使用。现在想起来有些可笑，当时却是花费了很大力气。大学本科读的是理科，不了解科班历史系学生读书的情况，到读研究生以后，接触念历史系的人，才知道绝大多数学生在本科阶段，甚至很多中国古代史专业的硕士、博士，直到拿到毕业文凭，并不会像我中学时那样，去一本一本地读《史记》、《汉书》。了解到这样的情况，不禁为自己能够在上大学之前就在家里优哉游哉地享用过这两大史学经典而感到庆幸，庆幸有这样一位父亲，给了我这样好的机会。虽然不是自家的藏书，却一样给我知识的熏陶；更重要的是，爸爸这一阅读爱好，带给了我探知历史真相的好奇心，而这种好奇心，是我研究历史问题最大的驱动力。

爸爸借阅的书籍，有一些比《史记》、《汉书》原本还要专门很多。比如，他在罹患癌症接受手术治疗和化疗以后，还从单位图

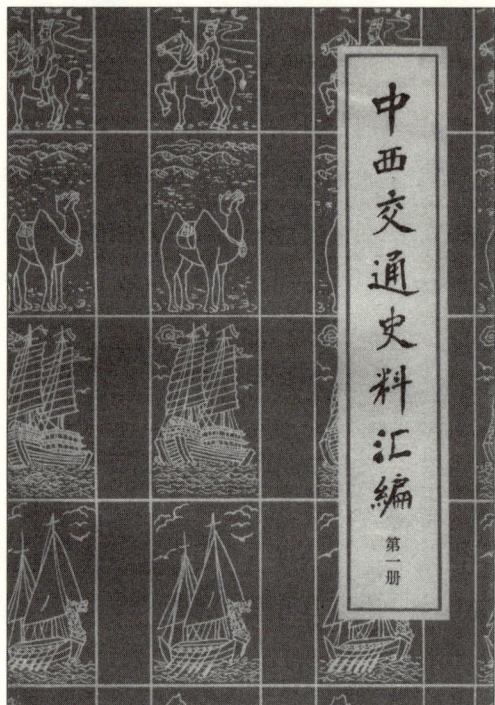

父亲读过的《中西交通史料汇编》

书室借回几册张星烺编著的《中西交通史料汇编》来看。去世后整理遗物，我要把这些书退还，单位的叔叔阿姨说："单位里这么专门的老古书都是你爸爸张罗买的，除了他，再没有别人看了，你就留下，做个纪念吧。"这样，这几册爸爸摩挲过的书籍，就连同前面谈到的《唐诗三百首》和《唐五代词》一道，一直郑重藏储在我的书房。

和我从没有见过面的爷爷一样，爸爸去世得也很早。思念早逝的亲人，人们总是有很多哀伤，很多遗憾。对于我的爸爸来说，最大的遗憾，是他酷爱读书，却没有很好的读书条件。现在我有满屋子的书，要是他还在，每天读书，一定比我还要着迷；而且不仅读书，还一定会尝试写文史研究的文章。当我一个人在自己的书堆里展卷翻检的时候，这种景象，便时或浮现于脑海。人年龄一大，往往会混淆现实的生活与内心的期愿。想得久了，在自己的心中，就如同真事一样。

2015年9月9日记

书长留，思永在

这个世界，我们既然来了，就终归是要走的。对于学者来说，人走了之后，留在世界上的痕迹，主要是自己写下的有学术价值的著述。除此之外的遗物，恐怕就是使用或是收藏过的书籍了。常语云，睹物思人。尊敬你的人，怀念你的人，目睹故书，会更真切地返回过去的岁月，贴近你的身旁。今年，是业师黄永年先生九十冥诞，翻检先生留给我的旧本古籍，犹如昔日陪侍在先生身边，嬉笑赏书，或是聆听先生畅谈古今学林的正事与趣事。

我得到先生藏书的机会，总共有三次。第一次是"被交换"的产物，第二次是"贡献"得到的"回赐"，第三次是先生特意给我留下的纪念。

像所有长者一样，到一定年龄之后，对年少时特别感兴趣的东西，都会有一种比较强烈的欲求。比如，因为想吃小时候爱吃的常州萝卜丝饼，先生曾托朋友用快递从家乡给他寄过。从小就喜欢书，喜欢读书的人，看到当年非常喜欢，却因某种原因未能得到或是得而复失的书籍，也会有类似的憧憬。

我刚到北京时，在琉璃厂古旧书市的乱书堆里，捡到过一本英文的《安徒生童话》。对童话故事，我毫无兴趣，英文更看不懂。对这本童话书，看重的，只是有很多好看的插图。先生看到后，说自己小时候有过一本，后来到北方工作，留在老家，就不知所终了。看到老师眷恋的表情，当即就献给了先生。洋文洋装书可以随时贡纳，但遇到线装古书，我就很吝啬了。先生总和熟悉的人开玩笑，说辛德勇这个人，什么都好，就是一说到书的事情，良心就大大地坏了。

印证他这一判断最重要的事例，是我买到的一部道光三十年陆建瀛木樨香馆原刻本郝懿行著《尔雅义疏》。这是业师徜徉于沪上日下书肆大半生间，从未遇到的重要学术著述，心仪甚久。先生开玩笑说，该献给他，我坚持不动。心想，你现在是良田万顷的大地主，我只是刚刚有几分田地的贫苦小农，没有这般横征暴敛的道理。看我抗拒不理，先生转而劝诱，说在他的藏书中，有什么我喜欢的，可以考虑"等价交换"，可是我仍然不为所动。直到有一天，先生拿出清嘉庆年间黄丕烈代古倪园沈氏仿古精刻《四妇人集》，说我要是再不肯交换，就真的没良心了。因为先生是拿市价很高的书，来换市上未必有人认的书，以我的能力，是绝对买不起《四妇人集》的，所以才有这话。看先生情急，只好捧书送上。可是，当《尔雅义疏》到手之后，先生却又觉得在价格上太不相当，说像这样的不等价交换很不合理，好歹我也要再搭上一部像样点儿的清代的刻本。直到再送上一部旧山楼主人赵宗建旧藏乾隆原刻本孙志祖著《家语疏证》（见于《旧山楼书目》著录），先生才欣欣然予以肯定："看来你的良心还没有坏透。"后来先生和贾二强学长编著《清代版本图录》，这两部书都有书影被编印到里面。

所谓《四妇人集》，是一种丛刻，包括《唐女郎鱼玄机诗》、

《薛涛诗》、《杨太后宫词》和《绿窗遗稿》四种诗集。《唐女郎鱼玄机诗》和《薛涛诗》，是唐朝两大特种社交名媛的诗集，前者依据的是南宋临安府陈宅书棚本，后者系重刻一明代刊本。《杨太后宫词》传为宋宁宗杨皇后所撰，由宋末人周密辑录成册，依据的是一部宋代的抄本。《绿窗遗稿》则是元人傅若金妻孙淑（字蕙兰）的诗集，也是以抄本付梓。其前三部书籍，分别刊刻于嘉庆八年和嘉庆十五年，底本借用的就是黄丕烈本人的藏本，而主持刊刻书籍的黄丕烈将其合称为《唐宋妇人集》，不过后世往往通称为《三妇人集》。

《三妇人集》雕版精致，初印本或用开化纸印制，纸张晶莹，墨色黑亮，堪称美轮美奂。后至嘉庆二十四年，沈家人又从平湖钱氏借得《绿窗遗稿》抄本，仍倩士礼居主人黄氏为之校刊，与前者合印，通称《四妇人集》。此《四妇人集》印本，较诸开化纸印《三妇人集》，虽然略有逊色，亦属清刻本中的上乘佳品，而且先生这部书还是王绶珊九峰旧庐的旧藏。从我买古刻旧本时开始，就知道那是给猪拱的白菜，穷酸如我，只配远远看一眼而已。先生要不是对道光原刻本《尔雅义疏》思之过切，也是绝不肯拿出它来和我交换的。单纯就版刻的精美程度而言，这部《四妇人集》，迄今为止仍是我书斋中最好的藏品。虽然是"被交换"而得，每次翻看，还是把它看作是先生恩赐给我的一大福分。

所谓"贡献"，是指献给先生的一部《亭林文集》。黄永年先生对我无意中得到的一部原刻初印本顾炎武《亭林文集》充满兴趣。这种初印本的独特之处，是以《读隋书》为题，误收有一篇顾氏从《文献通考》中抄录的片段。先生在民国时期看到有人写文章，谈到这一畸形的版本，但由于传本稀少，一直无缘收入书簏。孰知我书运奇好，也是在无意之间，于北京中国书店的一家分店买下一部。书系收在顾氏《亭林遗书》中的一种，我所得到的本是全套《亭林遗书》，但其他部分是用后印本补配，只有这部《亭林文集》，是最初印的本子。

先生也是从年轻时起，就久闻其名，而始终未能收得其书。看到我这部书后，以玩笑的口吻，反复说过多次，希望我能

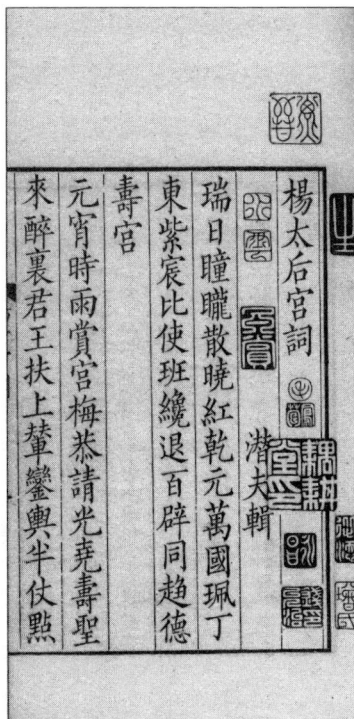

清嘉庆年间黄丕烈代古倪园沈氏仿古精刻《四妇人集》

够在他八十大寿时，将此书"献上"。这样，就在先生八十寿庆之前，我恭恭敬敬地把这部书呈送给了先生。得到书，先生当然很高兴，说："这样做就对了，我又不会白要你的书。"

宛如古代君主对进贡物品的"回赐"，先生送给我一部别下斋旧藏清康熙刻《箧衍集》的早印完本。此书因收有钱谦益、屈大均诸人诗作，在乾隆年间遭到抽毁，故似此原刻早印的全本，流传也很稀少，先生且特地撰写跋语，记录此番"献书"、"赐书"的逸

事。另外，先生同时还赐下有两种清末民初校刻书籍时勘定的底本。其中一种，是民国时期朱祖谋刻《彊村丛书》中《鹤林词》的底本，由彊村先生亲笔书写。另一种，是清光绪年间江标刊刻《灵鹣阁丛书》中的李文田著《西游录注》以及《和林诗》。这两种书，都是龙榆生先生在光复后行将入狱之际送给先生，留作纪念的。以先生对我的恩德，既然先生喜欢，献上《亭林遗书》给先生娱寿，本来是理所应当的，没有想到，先生竟又赐以如此珍稀的书籍，以慰我嗜书痴情。

到一定年龄，人对自己的生命，似乎会有某种预感。大约是在

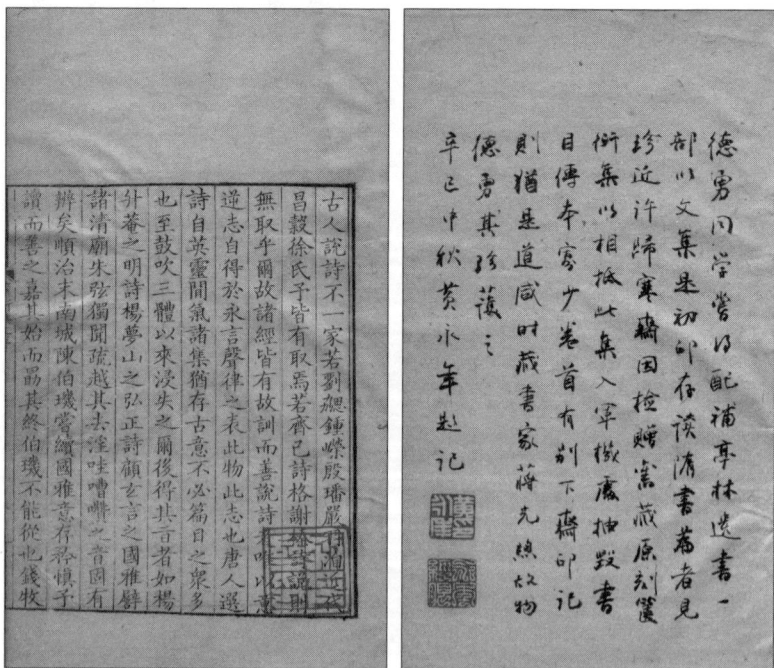

别下斋旧藏清康熙刻《箧衍集》暨黄永年先生题跋

去世前两年的时候，先生连续几次，很伤感地对我讲："我总是要给你留一两本书做个纪念的。"听到这话，心里很难受，总是试图以打诨的方式，来转移他的注意力。我开玩笑说："那你一定得给写个题跋，说清楚是您送我的，不然的话，将来寿成师兄说我偷了您的书，岂不是要害我坐牢？"没过多久，先生来京参加学术活动，果真给我带来两部线装古籍。

打开旅行箱取书时，先生笑着向我说："是两部普通的小书，做学问用的，并不是什么善本，你可别看不上。"这两部书，都是目录书：一部是民国时期由其族人刊印的潘祖荫著《滂喜斋藏

龙榆生先生旧藏《鹤林词》与《西游录注》底本

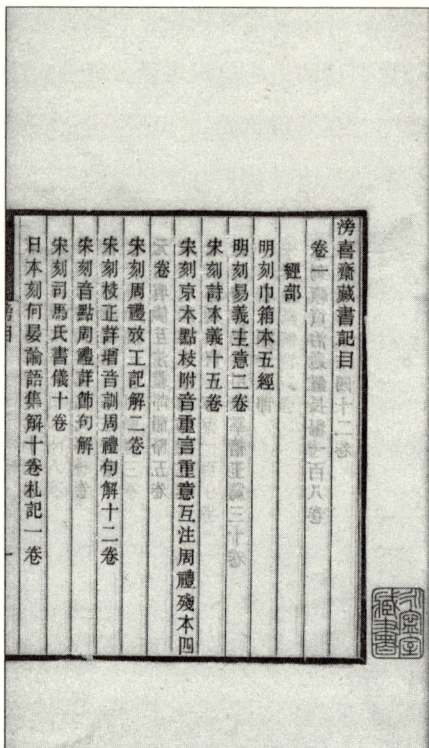

民国刻本《滂喜斋藏书记》

《书记》；另一部，是清代苏州翻刻《武英殿聚珍版书》本《直斋书录解题》。

前者虽刊刻时间较近，印行过程却颇有一番曲折。盖此书系潘祖荫倩叶昌炽代为编撰，以潘家藏书之富、叶氏鉴书之精，自是第一流目录学著述。惟书版刊成于民国甲寅亦即1914年，因故未能印行，直到1928年，始由潘祖荫从孙潘博山主持刷印流通。有悖常情的是，在这之前，陈乃乾已经于1925年在上海铅印此书行世。

这两个版本之间的关系，是一个需要另文介绍的书林掌故，在这里我只想简单说明的是，这种目录书本来就没有很多读者，由于陈乃乾的铅印本已先行占领了很大一部分市场，以致刻本流布的范围，更加狭小。孙殿起的《贩书偶记》，但有陈氏印本，而没有潘家的刻本，就很清楚地反映了这一点（《贩书偶记续编》始见著录此民国刻本）。不过，从收藏的角度来看，流布范围愈小，也就意味着传世数量愈加稀少，收藏的价值亦随之增大。检中华书局印行的《宋元明清书目题跋丛刊》，其中收录的《滂喜斋藏书记》，用的就是陈乃乾排印本，而不是潘氏家刻正本。这一情况，就很能说明，此本刊刻虽晚，实际并不多见。再说黄永年先生送给我的这本书，黑色的字迹里，还略微带有一些红色，是很初印的本子，更值得珍藏。盖此本系昆山赵诒琛寄云庼旧藏，钤有"寄云庼藏书印"注记，书衣尚另题有墨书一行，记云："吴县潘博山先生赠。戊辰十一月。"民国戊辰即潘博山刷印此书流通的1928年，而这一题记似应出自寄云庼主人赵诒琛手。潘、赵两家本是姻亲世交，过从甚密，可见这部《滂喜斋藏书记》还有特别的纪念意义。

苏州翻刻的《武英殿聚珍版书》本《直斋书录解题》，同样看似平常，实际上亦有特别的价值。《武英殿聚珍版书》以一种比较特殊的活字版印行之后，浙江、福建、江西书局和广雅书局，曾先后有过翻版。除此之外，苏州也曾以巾箱小本的形式，翻刻过一部分《武英殿聚珍版书》的零种。当时苏州到底翻刻过多少种书，目前并没有清楚记载。阳海清《中国丛书综录补正》说是八种，可是陈乃乾致江静澜书，说他所搜集到的，即已有二十馀种。陈乃乾在信中还谈到，浙江杭州的翻刻本也是巾箱小本，其与苏州本的区别，是前者单边，而后者则是双边（见《学林漫录》第十八辑）。这里所说"单边"、"双边"，是指版片四周边框的形式，亦即"四周单边"抑或"四周双边"。黄永年先生给我的这部《直斋书录解题》，乃属"四周双边"，因知是苏州翻刻的《武英殿聚珍版书》本。此本字体端谨，笔画爽利，墨色鲜明，虽是小本零册，

直齋書錄解題目錄　　武英殿聚珍版原本

卷一
　易類

卷二
　書類　　詩類　　禮類

卷三
　春秋類　　孝經類　　語孟類

卷四
　經解類　　讖緯類　　小學類經部以上

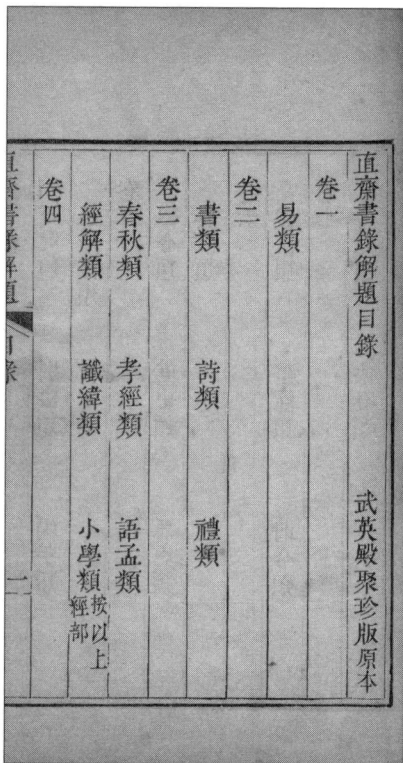

苏州翻刻《武英殿聚珍版书》零种《直斋书录解题》

却属初印精品，可遇而不可求。

黄永年先生特地留下这两部书给我，既充溢着浓重的师弟亲情，也寄托着对我的瞩望。先生天性诙谐活泼，和谈得来的人，包括学生在内，一向耐不住板着脸一本正经地讲话；同我谈话，更无拘无束，满嘴都是戏谑的话。去世之前几年间，谈到我在北大讲授版本学课程，在时常哂笑像我这样的人都登上讲坛传授版本学知识的同时，更不止一次鼓励我说："古籍版本的妖法，我看你也已经修练成了。有了什么想法，要赶紧写出来发表。"其实在先生渊博深邃的学识面前，再怎么修炼，也跳不出他的手掌心去。每当看到先生留给我的这些书，愈加感念培育之恩，并激励我对包括版本学在内的历史问题，做出更加努力的探索。

2015年9月13日记

学着样儿多读些书

今年，是业师黄永年先生九十冥诞。上个月，刚刚去西安母校参加纪念会回来。先师对我的呵护，学术界的朋友，几乎尽人皆知。于是，颇有一些友人，半开玩笑地询问，是否别有独得之传？言者虽是无心，却让我的记忆中闪现出一些印象深刻的景象，浮现出追随先师步履的求学历程。

1982年2月，进入陕西师范大学，读历史地理学的研究生，跟随史筱苏（念海）先生研治古史舆地。入学伊始，即遵筱苏师之命，与费省、郭声波两位学长一道，去听永年师讲授的各门课程，特别是历史文献学方面的版本、目录等项内容，作为治学的根基。

重视历史文献学知识这种话，对于初学文史研究的人来说，讲讲容易，具体究竟怎样做，才更有利于以后的发展，特别是一个学者长远的发展，人们往往是一头雾水。上本科时，我念的是理科，在这方面，更是一片迷茫。老师讲的一般性原则，道理也都懂，但印象既不鲜明，也不深刻。真正让我触动内心，有所体悟，还是听先生讲述他自己的研究实践。

在这方面，特别强烈的感触，前后有过几次。

第一次，是在《太平广记》专题研究的课上，听永年师讲，他针对陈寅恪先生《狐臭与胡臭》一文的论述，完全依据《太平广记》中摘录的各种小说故事，做出了至关重要的补证。尤其是当听先生引述《太平广记》收录的《广异记》，称"千年之狐，姓赵姓张；五百年狐，姓白姓康"，指出其姓氏差别，正是以入居中土的时间早晚来区分，用以证成当时系以中国本土之"狐"而附益以"胡"性，使得人们普遍以"狐"字来兼表本土居民与西域外来移民这两大成分。正因为如此，在外来西胡人种与华夏旧有土著之血统杂交混杂日久以后，一些看似华夏正宗的混血之人，因腋下也带有西胡特有的气味，已不宜继续沿用"胡臭"旧名的时候，便代之以"狐臭"一称。当时在课堂上听老师讲这段课，真的是为之拍案称奇。如此重大的中古时期"胡化"问题，竟然被先生用各种鬼怪故事，讲得有声有色，较诸陈寅恪先生旧有的论述，要丰富很多，深入很多，也更为切实可信。由此顿悟，读书一定要广，只有多读书，在研究中才能够做到得心应手。

第二次类似的触动，是听先生在目录学的课堂上讲《李秀成自述》是否曾经有过抽毁的问题。这一问题，是直接针对著名太平天国史研究专家罗尔纲先生的观点而发。盖罗氏尝著专文，论证今传《自述》原稿，曾遭清人抽毁部分内容。永年师从多方面讲述了自己不同的看法，以为其稿虽最后一页略有残缺，却绝非"抽毁"所致；而其馀部分，则完整如初，怎么也看不出抽毁的迹象。其中最为令我称奇的地方，是永年师依据影印本上的字号判断，李秀成是把《自述》写在湘军"吉字中营"专用的账簿上。先生称旧时所用账簿，为防止有人做手脚，每册的页数俱有定数：或五十页一本，或一百页一本，绝没有另带零头的规矩。而依据这一点来审核，今传《忠王李秀成自述》原稿，绝对没有动过手脚的痕迹，自属当时固有的样态。听到永年师的讲述，当时真的有一种舌挢而不能下的感觉，不禁为之呆然。先生当时主要是研治唐史，听课时只知永年师对清代学术史了如指掌，对先秦秦汉间的史事和典籍也如数家珍，想不到对清代历史的其他问题，不仅关注，而且能够做出如此细致的剖析，学术领域之宽，叹为观止；更为惊诧的是，先师利用清人账簿的一般形式，清楚推知李秀成的稿子，实乃未经诸如曾国藩之辈抽出毁弃，对合理利用《李秀成自述》原稿，起到了十分关键的作用。

永年师给我的第三番震动，大约是在博士毕业不久的时候。一天，先师在对台湾学者王梦鸥所注唐人传奇小说《东阳夜怪录》加以匡正时，针对《东阳夜怪录》原注中的"苟家觜"这一地名，对我说："你帮我查一个地名。我记得张礼的《游城南记》提到过一个叫做'凤皇嘴'的地方，我手头没有这部书，你去图书馆核对一下。"张礼的《游城南记》，撰著于北宋元祐时期，是一部篇幅很短的行记，记述长安城南名胜，治史者通常无人阅读。况且即使读了，也很难一一记住书中提到的像"凤皇嘴"这样细小的地名。我到图书馆一查，果然记有此地，述云："《唐史》称杜正伦与城南诸杜素远。……及正伦执政，建言凿杜固，通水以利人。……杜固今谓之杜坡。所凿之处，崖堑尚存，俗名曰马塍厓，或曰凤皇嘴。不知何所谓也。"先生据以推论，传奇中所说地点相近的"苟家觜"，也是此等断厓之处，自然合情合理。这一事例，让我对先生超强记忆力感到震惊的同时，对其读书之广博，论证史事之缜密，也有了更为具体的认知。

　　就是在先生身边所亲历的这样一些事情，使我深切体会到，要想做好中国古代的文史研究，就必须努力多读书，而不能像其他一些学者那样，仅仅关注与自己的主要专业（譬如历史地理学）紧密相关的史料。在时代上，要有能力贯穿上下；在范围上，也要旁通四部百家。用先生自己总结的经验来说，就是"宁可用粗的办法来实现博览群书，切勿只图精而变成了孤陋寡闻之士"（见先生《治学浅谈》一文）。这样，我从读硕士研究生时起到现在，一直是学着黄永年先生的样儿，尽量多读一些书，始终不断地拓展和积累。

　　读书之广博与精审，当然很难两擅其美。不过学问之"博大精深"，是一个整体。要想使学问之精深达到一个较高的程度，必然要以博大的视野为基础。先师研治古代文史，本来强调花大力气阅读基本典籍，例如阅史，他最看重的，是历代正史，并且极力反对依凭孤本秘籍来做研究。但强调重视正经正史，并不等于一如村塾陋儒，别无知见。多翻阅一本书，就多增长一分知识，也多添了一分人生的乐趣。

2015年11月15日晚记

书商梁永进

这两年，韦力先生找一些当代藏书家和尚未成家以及像我这样根本也成不了家只是傻乎乎地喜欢买旧书的朋友做访谈。韦先生说，做这事儿，是因为前年遭遇不测事故受伤，对生命之短促，生命之无常，有一些不同于以往的感悟，于是，想抓紧写下来自己身边所经历的这些人和事。韦先生的话也触动了我，想到过去访书读书过程中交往过的一些人，写两句话，也算留下记忆中零散的片段。

除了写过的徐元勋老师傅之外，首先想到的是梁永进先生。从表面上看，最直接的原因，他是我来北京开始买古书后，第一位接触的书店经理。

1991年最后一天，我来到北京。第二年的第二天，就接到中国社会科学院历史研究所的通知，正式决定调我到历史所工作，但进京的户口，除非自己有特殊关系去活动争取，只能在北京市公安局排队，等。工作有着落了，心情就很舒缓；还没有到新单位，没有新的主子管，但旧单位也不必再当回事儿了；再加上自从上大学起，就没有一身轻松地过一天，于是，便放纵自己，除了翻翻闲书，有时还会像无业游民一样，在燕园，在清华园，在琉璃厂，四处逛逛。

正在这时，中国书店海淀分店开始大批售卖古籍。大概是因为这里紧邻北大，总店想做出点儿特色，就由它们设在虎坊桥的库房——通称"大楼"，发来一大批古刻旧本，集中上架。我是偶然出去闲逛，赶上了，但后来才知道，京城里的藏书家们，早都得知讯息，候望日久了。结果是几十号人，蜂拥而上。那架势，哪里是买，简直就是来抢的。看名头，稍中意的，都被抢夺下来，很多人拿下一大堆书。拥挤，争抢，更多地是因为亢奋，一个个涨红了脸，流出了汗，嗓音都变了调。这场面告诉我，书价不贵，买一定值得。

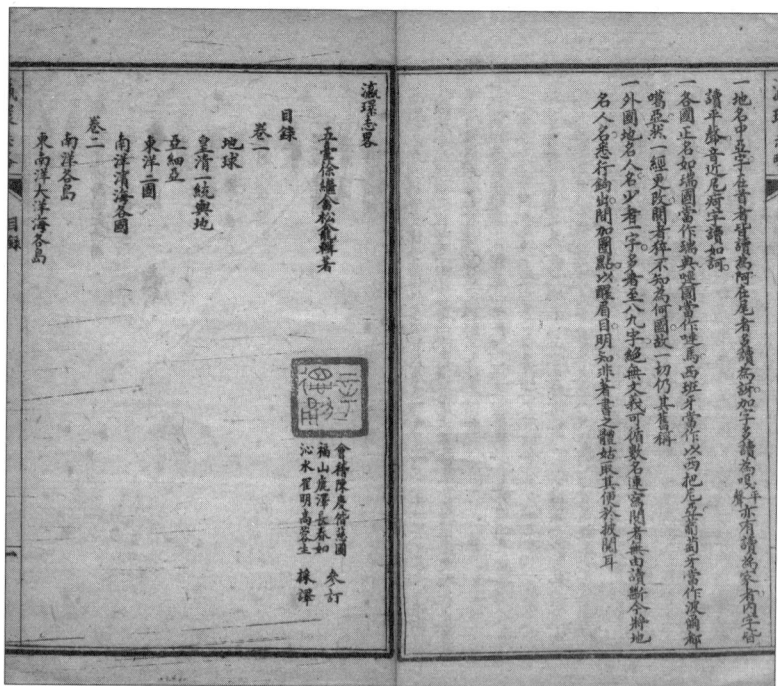

光绪二十一年上海宝文局石印《瀛寰志略》目录

现在我在北大教书混饭，也大胆乱讲点儿古籍版本。上课时，总是告诉学生，这本是雕虫小技，比研究历史问题简单得不能再简单了。但从另一方面说，知识的获得，总要有个过程。俗话说"会者不难，难者不会"。当时我正处于懵懵然啥也不懂的状态，看着架上的书，究竟该选什么，实在一点儿数也没有。再说价格，大多数书，

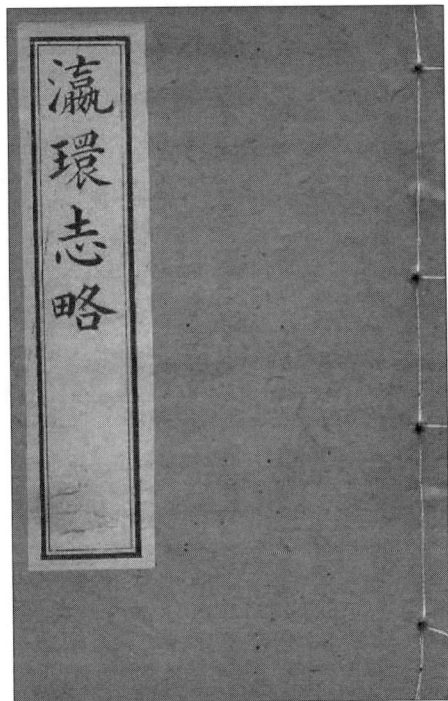

光绪二十一年上海宝文局石印《瀛寰志略》书衣

少说也是几百元钱一部，还是不敢贸然下手。除挑了十几册《丛书集成初编》的零本之外，线装旧本，只是花六块钱，买了一部光绪二十一年上海宝文局的石印小本《瀛寰志略》。

当时在海淀书店任经理的，就是这位梁永进先生，我也就是在这次购书中，才正式面对面地直接接触到他。瘦高的个子，爽快强干的作风，只要见过一面，就会留下很深刻的印象。对于我来说，梁经理这次亮相，就充分展示了他经营中的两项重要特点：一是算大账，不算小账；二是知人善任。

像这样在一定幅度内适当低于市价出售古籍，买书的人当然觉得捡了便宜。经营古籍和所有古董生意一样，不只是钱的问题，还是买家和卖家之间眼力高低的较量。卖家要尽量把书卖到它所应有的最高价位，买家感觉便宜的价格，就是尽量低于这个价位。卖家要是把价格定得低于这个最高价位稍多一些，往往会被同行笑话，说你眼力不够，或是水平太差。甚至很多买家，不光觉得自己占了便宜，还会鄙视店家不懂。所以，店家收书、售书都很慎重，不会随便大批量集中上架售卖，而是要一本本仔细筛选，确定价格，慢慢摆出来卖。一时吃不准的，放着以后慢慢琢磨；档次比较高的，把价定得高高的，留下慢慢卖。总之，是要慢，急不得。

这样的规矩，是从前朝传下来的。当时中国书店各个店里，给古书把关定价的，也都是前朝学徒过来的老师傅，守的就是这个规矩。梁经理则显然不太循规蹈矩，原因是时代不同了。

过去卖旧书，都是个人家开的小铺子，往往还是子承父业，世代相传，收来好书，就是自己家的财产，自然要慢慢等待最好的买主，卖上最好的价钱。但现在的店是公家的，上峰随时都有可能把你撤掉；况且北京的中国书店还有个规矩：各家分店的经理，就像各大军区的司令员一样，会定期或不定期地对调岗位，即使经理这个头衔让你一直担着，但你也会被调动到其他店去。不管怎样，你辛辛苦苦经营的店，说变就变，明天就会变成别人的店。抢手的好货，存着不放，给谁留呢？

同时，公家的店，排场大。店里连在职带退休，总有十几号人甚至几十号人，每个月都要开工资，发奖金。奖金少了，员工也不高兴。想及时得到钱，就要有更吸引人的价格。

梁永进先生明白这种差别，知道自己不是那种开小铺子的旧书肆主人，而是经营这种现代大书店的商人。定下稍微偏低一些的价格，正是这种特性的体现。除了上面讲到的特殊原因之外，更根本的一点，是现代企业，比传统的商家，要更注重资金的周转，货压在那里不动，就是最大损失。梁经理经营古籍的最大特点，就是快速周转。另外，当时还有一项特殊的原因，就是开张伊始，多让些利，能招来人气。俗话说，买得精，不如卖得精，店家自有店家的考虑。

当时被他请来，具体负责古书定价、售卖的老师傅徐元勋，在我接触到的那一代中国书店的老师傅中，水平最高，知识最丰富，教过我很多东西。徐师傅的高明之处，在于他不光摸书衣，不仅看版式、闻墨香，还打开书来，读了很多书，对学术源流有比较清楚的了解。在来海淀中国书店之前，他是在库房工作，曾在中国社会科学院历史研究所先秦研究室工作过的陈汉平先生，就在他手下工作过很长时间。

这次开张卖书，价格偏低，据说还有一个原因，就是徐师傅在库房工作时间太久了，不知道市面上书价已经涨了很多。这也正显示出梁经理对老师傅的信任，做事只看其大，不拘于细小。梁经理和我谈过，他正是看好徐师傅水平最好，才特别把他请来，而既然请来了，就要放手由老师傅来做事。我从旁观察，当时他在海淀书店里，左膀右臂，有两位做具体工作的帮手，古刻旧本是徐师傅，其他洋装旧书，是靠一位小崔师傅。小崔师傅对古籍版本眼力也是很高，只是更多的精力，是帮助梁经理来打点洋装旧书。有信得过的人，他也真的信任人，手下人各司其职，看他的店，工作总是有声有色。

梁永进先生后来被调到中国书店的其他分店（如琉璃厂邃雅斋等）做过经理，类似的经营行为，他走到哪里，做到哪里，还有过很多很多次。他在邃雅斋时，每年广甸庙会上的书肆，只有他，总是能摆出便宜的线装书来。吃亏还是占了便宜，他自己最清楚。除了自己脑子不对，谁也不会相信他会接二连三地做傻事。

经营古旧书，特别是古籍刻本，开拓货源，收购书籍，是更难做的事情。中国书店一些能力比较强的经理，各有各的方式，各有各的门道。梁经理还是大商人气派，往往一出手就是大手笔。据我所知，在上个世纪九十年代，全国各地有好几个大城市古旧书店库底的存货，相继被他悉数捆载而来。这个货源规模最大，为什么他总能顺利得手而不是别的店家？偶然一次喝酒闲聊时，他告诉我说，没有什么，和人交朋友，尊重对方，讲义气，体谅人家在地方经营古旧书比我们在北京更不容易，所以，从来不多还价。所谓交朋友，就是在一起喝点儿酒，酒桌上说说开心的话。

还是在海淀当经理期间，他把重庆古旧书店的线装古籍统统扫荡回来。徐师傅悄悄跟我说，出的价有些高了。梁经理和重庆书店的经理喝酒，喝到天色很暗了，打开一包大致看了一眼，梁经理就按包付款，把所有书都卷了回来。运到自己的仓库里仔细一看，当时打开的那一包还不错，但其他包里的书，质量却没有那么高。这实际上是老师傅旧时传承下来的小书铺观念和梁经理这种现代书商的差别。梁经理很豪爽，但不会因为喝了酒就乱来，更不会轻易被人糊弄。做这种古书的买卖，收货不宜仔细翻看，行家看一眼，就明白大致是什么程度的东西。中国各地古旧书店的库底子，往往是来自公私合营时期，再加上"土改"、"镇反"、"反右"、"文革"等等社会大变故中集中得到的书籍，其中总有一小部分是卖得上好价钱的，有时三五部书卖出去，就可以收回所有购书成本，包括请人喝酒的钱。其实这批书

清光绪刻本《郁华阁遗集》

就是这样。书很快就上架卖了。合理的利润，快速周转，这是梁经理的经营理念。我买过一两本，里面还是有很多好书的。虽然买得起的只是最普通的大路货，但其中有一部清末人盛昱的《郁华阁遗集》，作者是当时重要文化人物，做过国子监祭酒，与书生学士交游甚广，且版刻精雅，纸墨俱佳，看起来还算不错。

不管他在哪里当经理，我都常到他的店里去闲逛，也买过不少书。只要出来到店面上转，看到我，梁经理总要叫人沏上一杯茶，

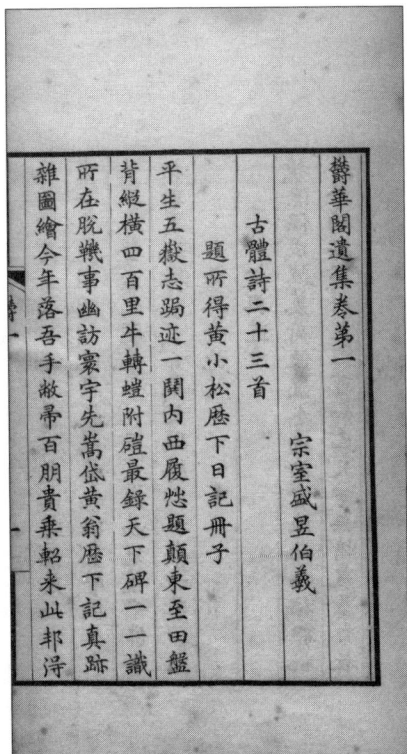

拉我聊会儿天。除了我们性格相近，比较谈得来之外，这也是旧书店从前朝传下来的老规矩。这规矩不仅是卖家和买主的一份情谊，还有旧书店业界对学者的尊重。不过，这种老规矩，并不是哪一家店都愿意守的。像我这样没有几个钱，买不起什么好书，长年累月地转，翻来覆去地挑，却只偶尔买一两部价钱比较低的小书，有些店家是非常讨厌的。喝够茶了，聊过天了，选了书时，多多少少总是要打些折扣的。这也是商业上的规矩，不是因为谈得来，就拿公家的书随便送人情。

除了偶然在书店边儿上的小店里喝两杯啤酒之外，我们在一起接触最多的一次，是我调到北大工作以后，他叫我帮个忙，说是新华书店系统在张家口召开一个订货会，让我去给做个讲座，讲讲古籍版本。其实梁经理自己的古籍版本知识是足够好的，就这个系统的人来说，由他来讲，比我讲更实用，但他开口说了，不能不去。

回来之后，梁经理说，你很给我面子，你去帮我讲了，各地新华书店的人，对我也很高看。你讲那天，我一个晚上，就订出去二十多万的单子。但你这大学教授来讲，我也没法给你讲课费，店里也没有这个名目可以支出。我这里有些残书，都很破了，你随便多挑一些用得上的，就不用付钱了，算是我答谢的心意。我说你这么客气干啥，我也不是什么名教授，让我来讲，我还很荣幸呢。他说，怎么能这么讲？我说，这是真心话，我在历史所当狗官的时候，因为参加各种高层次的评审，又做《中国史研究》的主编，整天上门来说请我去讲学的人，可谓门庭若市，络绎不绝，但那时候我学问荒疏，觉得没什么可讲的，一概谢绝了。等我到北大以后，闭门读书，真觉得多少可以讲点儿东西了，却鬼都不上门，没有一个人再来让我去讲学，正冷清得难受，是你给我面子了，让我过过嘴瘾。听罢他哈哈大笑说，人世间的道理，原来哪一行都一个样，那我们先喝酒去。

喝过酒，梁经理带我去一间房子，打开门，指一指小山一样的书堆说，都是残的，你慢慢挑吧。把我一个人扔在书堆旁，他就回自己办公室忙活事儿去了。翻看一阵，有很多书还是不错的，至少从实用的角度看，

明崇祯刻《午梦堂集》零种《愁言》

应该多拿一些回去用。但人和人相识、相交就是个相互信任和尊重的情分。他越是让我多挑，我越不能多拿。最后，选五六本残书走了，其中有一两册明末吴江叶绍袁一家才夫才妻暨三才女诗文合集《午梦堂集》的零本。我说，酒喝多了，看着书上的字儿都是重影的，等你以后上架或甩卖时我再来捡吧。

最后一次和梁经理喝酒，大概是在三四年前，在我最初遇到他的地方——海淀中国书店。虽说还是海淀的书店，但今非昔比。当

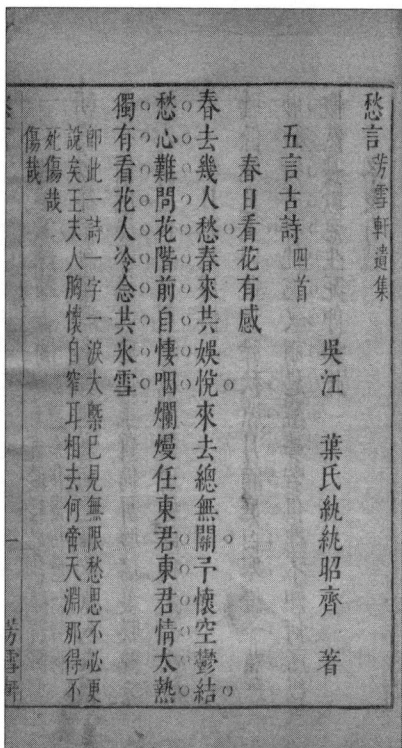

年修四环的时候，中国书店在四环边上又新开了一家分店，老的海淀店，虽然还在，但铺面面积缩减得很小很小，以至不经意路过那里的人，已经不大容易注意到它的存在。事业最辉煌的时候，梁经理曾身兼琉璃厂面积最大的分店——邃雅斋和老海淀分店这两家店的经理，来回奔波。那也是我看他精神状态最好的时候，精力充溢，颇有些大将军临阵部署兵马的气派。但这时，他仅仅是这家小店的经理，而且手下的人，除了小崔还在帮他，据说只是几个等待退休的老弱病残。

作为一个闲逛书店的读者，无法知悉人家中国书店内部的缘由，或许自有它的道理。但就我对梁经理工作能力的了解而言，觉得这真像是一种羞辱。聊了一小会儿，他提出邀我喝酒。在海淀图书城的一家小餐馆，几杯啤酒下肚，梁经理告诉我，他已经提前办理退休手续，不侍候他们了，以后见面的机会就少了。我虽然劝慰几句，说是世事如此，只能得过且过，没必要太拿领导当人看，但从心底里更加敬重他，欣赏他那一脸刚毅。

因为敬重，背后和一些买书的朋友提起，总是叫他"老梁"。但老梁不老，年龄和我差不多。那一天，我俩儿在一起喝了很多瓶啤酒，骑自行车回家时，有些晃。心想，都在北京城里，见老梁的机会多着呢，何必喝这么多。小时候，母亲对所有涉及鬼神的话，都要严加斥责，但她年龄大了以后，却忌讳甚多。经历了很多事情以后，我常常会不由自主地想，有些事，冥冥中似乎是有天意的安排。

前两个月，去中国书店新街口分店买书，这里的赵经理，也是

经常照顾我的老朋友，当年在海淀的老朋友小崔，现在在他手下做
干将。闲谈间和小崔叙及往事，他说，老梁走了真是可惜。我这才
知道，2013年端午节前后，梁经理不幸患病离世了。生老病死，是
无可奈何的事情，但老梁不该这样死，书商老梁应该在适合他的岗
位上累死。

2015年8月4日记

陈东的离去

我认识陈东先生的时间和地点，实在都很难说清。总之是某一年的某一天在北京中国书店的某一家分店里翻看古书时看到他的脸的。这事儿说不清楚，是因为我有两项很严重的生理缺陷，第一是乐盲，第二就是脸盲。与人相见，看个三面五面，实在留不下什么印象。即使如此，也经不住反反复复地经常见面，再说常在书店里翻腾古书的也就那么几个人，日子久了，终归还是能够分得出谁是谁的。

再说这位陈东先生长得也稍有一些特点，就是个子不太高。虽然说他的身高也算不上矮，中等偏低一些而已。但你要是在乱书堆里常翻书，就会明白，十公分、八公分的差别，往往会有很大不同，明白什么样的身长会更有优势。

对于我来说，优势不足，不过少买两本书是了，但对陈东先生却很不一样，因为这关系到他的生计。混在一堆儿挑选过一阵古书就明白了，他是为卖书而买书的，若是用一种多少有些贬义的话来讲，陈东是倒腾书的。这事儿也用不着探微索隐般地考证，相互点头打招呼没有多久，他就找上门来，请求有书处理的时候，一定优先送到他的手里。

陈先生的事业，就这样，不显山不露水地慢慢做了起来。说句玩笑话，身材灵便这一优势，对他的原始积累，肯定起到了很积极的作用。不知不觉间，他就自己开办起了拍卖公司，以古籍为主打项目。

经营古籍的拍卖公司，现在多得有些难以计数，但当时，全国各地加在一起，也只有几家。陈东的公司不仅办得比较早，在经营上还很有特色，其中最主要的一点，是收书视野开阔，并不过分唯利是图，眼睛不只盯着那些顶高价位的抢手货，对一些市价平常甚至很低的学术资料，他都愿意收下来拍卖。

我想，这一点首先与他自己四处收书、卖书的早期经历有直接关系。小本生意，大钱小钱都要赚，也就什么都不能嫌弃，久而久之，就形成了习惯。他创办的德宝公司，是正儿八经的国际性株式会社，虽说是兼有董事长和总经理这两个最大的头衔，但我觉得，实际上他似乎是一直自己承担着诸如业务主管这样的角色，收书、卖书始终是亲力亲为，至少不能完全放手。京城里受到买家卖家两方面最高赞誉的大版本学家杨成凯先生，在谈到各家拍卖公司的古籍鉴别能力和对所售卖古籍版本价值的认识时，曾不止一次向我感叹："陈东是真懂书啊。"

在为人处事方面，陈东先生一直都很谦逊。过去在一起挤着抢着买书时是这样，摇身一变成了大老板，依然如故。发迹以前，对他这类贱买贵卖的顾客，中国书店通常是很讨厌的。这倒不仅仅是因为你捡到了什么在店里看来本不该捡的便宜，更主要的是，这会让书店具体掌管古书售卖的人有一种失败感。据我观察，每一家书店，对他都没有这样的厌恶，相互间总是其乐融融。或许这背后还有其他一些因素，但陈先生的谦逊，对书店经营者的尊重，总该是其间重要的因素之一。同样的路，有人走得通，有的人就走不通，这里面的差别，有时是很微妙的。

经营德宝公司，跻升为"陈总"以后，陈东先生从没有摆出大老板的派头和架势。有时因帮朋友买书，去看看拍卖的预展，只要看见或知道我来了，他总是特意赶过来打个招呼，问问需不需要帮什么忙，从来也没有因为我买不起书而冷落不理。这不仅体现着他的谦逊，这种礼貌，我理解，在很大程度上，还因为我是专门做文史研究的，他这是出自对学术的尊重。陈东先生在业务经营过程中，一直能够关注那些卖不了多少钱，但却有很重要学术价值的书

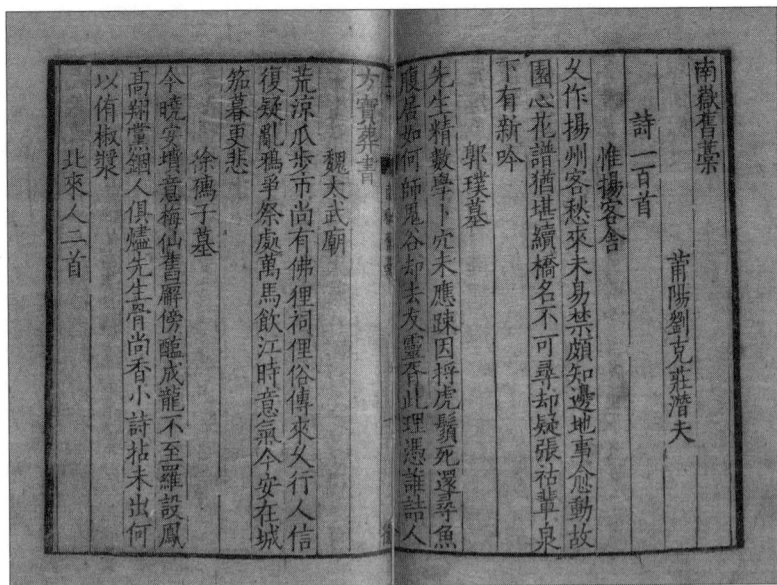

德宝五周年纪念拍卖会上拍卖的南宋临安府陈宅书籍铺刻《南岳旧稿》

籍,我理解,也是基于他对学术,对历史文化的尊重。常言云在商言商,陈东先生是一位成功的商人,却一直对学术给予很大关注,这一点是他让我非常敬重的。若是有什么需要,我当然愿意尽自己所能来做点儿事情。

话虽这样说,事实上除了想让我把剔除不要的书卖给他,陈东先生并没有什么事儿需要我做。唯一的一次,也是最后一次,是他让我帮助写篇文章。2010年春季的古籍拍卖会,是德宝公司成立五周年纪念的专场拍卖。为此,陈东先生做了非常充分的准备,其中的重头戏,是征集来上拍的一批顶级精品。在这里面,有一部宋朝人编纂的天台山诗文总集,书名就叫《天台集》,为天一阁旧藏,并曾进呈四库馆中。陈东先生就是让我帮助介绍这部书。

自从拍卖古籍逐日兴盛,古书售价也随之不断飙升之后,一些懂古籍、有学问的人,免不了会发些牢骚,以为书都被没文化的人当作古董买去了,用现在流行的俗语说,就是好白菜都叫猪拱了。我倒是没有这样的感慨。因为从历史上看,好书从来就是有钱人买的东西,与学术水平高低没有必然联系。你看清代初年的大藏书家钱曾,什么《述古堂藏书目》、《也是园藏书目》、《读书敏求记》,写一本是藏书目,再写一本书还是藏书目,除此之外,什么著述也没有。再看清代中期的大藏书家黄丕烈,虽然也写了很多不痛不痒的题跋,都不过余嘉锡先生所说的"书衣之学",不用说以藏书为史料,解决一些历史问题,哪怕单纯从校勘角度,深入谈一谈书的价值,就几乎无不假诸顾千里一辈人的手笔。犹如君主后宫,深藏美女三千,却无力践履人道,不得不倩人代行其事。但有

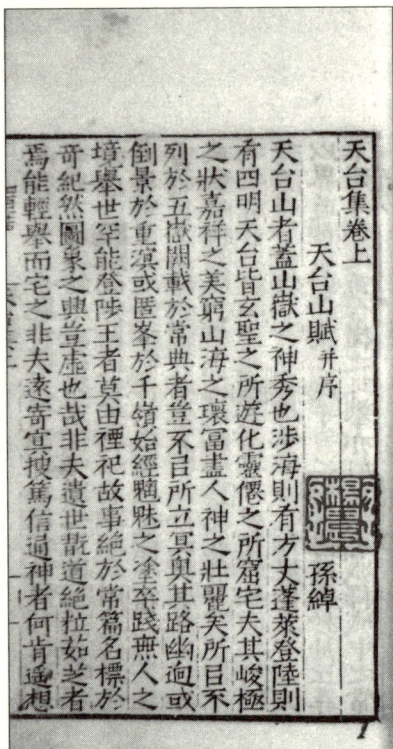

明嘉靖刻本《天台集》

钱人买书收藏，对历史文化传承是一件非常好的事情。当古董收，东西值钱了，会更珍重，古籍就不易毁失。没有钱曾、黄丕烈式的藏书家，我们今天能够看到的宋版书，恐怕要少很多。再说当代那些一掷千金的藏书家，也并不都是拿古籍当摆设的傻蛋蠢货，像韦力先生之风流儒雅，是稍闻当代藏书界状况就无人不知的。

自己买不起好书，若是能够在富商大贾买走之前，展转摩挲，并写出一些自己的看法，用世间俗男子的性心理来做比喻，也就犹如尽情享用了初夜权一样，岂不快哉！当然这很卑劣，甚至还有些下流，然而就连宋朝的理学家都承认人非圣贤，也就不那么容易免俗。再说，只要不带面具直视自己内心的深处，所谓"先睹为快"，其快意所在，亦惟如斯而已。所以，一听陈东先生说让我来写写这部《天台集》，当即就应承下来。

起初，陈东先生以及他手下的工作人员，都和我说这是一部元版书，而且还是四库底本。但一看到发来的照片，我就觉得绝对不

可能是元代的刻本，最早只能早到明正德年间，而更像是狭义的
"嘉靖本"，也就是刊刻于明世宗嘉靖年间。看法相差太远，我不
得不给陈先生打电话，告知三点：第一，我判断的时代，晚得太
多。第二，恐怕只是曾经进呈到四库馆，但并没有被用作写定《四
库全书》的底本。这样，就不便写了；写出来，会影响他的生意。
第三，即使他同意按照我的看法来写，我也要写成学术文章。文章
内容，买书的人不一定喜欢看，也不一定看得懂；篇幅，也会写得
很长，会大大超过他的设想。没有想到，陈东先生非常爽快地表
示：完全由着我，我觉得是什么时候的刻本，就写成什么刻本；想
写成什么样的文章，就写什么样；能写多长，就写多长。

在古籍市场上，元刻本和明刻本的价格，是不在一个量级上
的；即使是明初刻本，与明中期的嘉靖本，价差仍然相当悬殊。陈
东先生如此大度，实在让我敬重。叫我来写文章，原本是应该帮助
添彩的，可现在不但未能添彩，而且还要给拍品大幅度减色。做买
卖就是要尽量多赚钱，又何苦非写不可呢？后来看到为这场拍卖印
制的图册《北京德宝五周年特集》，陈东先生在书中特地写道：
"邀请专家时，我们特意申明不写'过誉'之文章，要实事求是地
研究版本，作学术探讨，畅所欲言。"我写的稿子证明，他这话是
说到做到的。这样做，固然首先是要打造商业经营上长远的诚信品
牌形象，若是不了解陈东先生的话，也只能想到这里。但我是和陈
东先生一道在旧书堆里扒拉着过来的，知道他喜欢书，不仅因为
书能卖钱，也不仅看重古籍外在的版本价值，他也读书，很在意书
的内容。前面谈到德宝公司征集拍品一向关注书籍的史料价值，就

是基于这样的情感、意识和素养。《天台集》即此明嘉靖刻本亦传世极罕，其史料价值，并不因为不是元刻而略有缩减。陈东先生会有这样的认识，他对清楚认识一部书的真实情况，有着更深的关切。

在《北京德宝五周年特集》开篇的《五周年寄语》中，陈东先生写道：

德宝拍卖全体员工自觉投身于古籍文献收藏文化的事业之中，我们要做到像藏书家一样爱书，像版本目录学家一样懂书，能够深入挖掘藏书活动的文化价值、艺术价值、经济价值，做古籍文献拍卖的精英，在工作中享受超越于物我之上的平静、舒畅与成功。

要说德宝公司的全体员工，这些话只能说是一种期望，但就我对陈东先生本人的了解而言，我相信，这是他发自内心的声音，是他的追求，也是他切实的感受。幸运的是，陈东先生做到了，他确实是在工作中享受到了"超越于物我之上的平静、舒畅与成功"。

活在世上时间越久，经历的事情越多，你越会相信，好像上苍有意，总会在恰当的时机，让你发出心声，传达给世人。

这场五周年纪念专场拍卖，是陈东先生一生事业的高峰，为此倾尽心力。拍卖的时间，定在2010年6月5日。6月3日晚，陈先生在印刷厂给我打来电话，商量拙文的校对事宜。他向我表示歉意，由于我的文章篇幅太长（两万字上下），拍卖图录和纪念图册实在印不下，只好择取要点。我的文章，已经另行投寄《燕京学报》，被徐苹芳先生采纳，所以，这并没有什么问题。电话中简单交谈之后，他就继续忙活印制事宜了。万万想不到的是，第二天，就听到他的讣闻。就在和我通电话的那个晚上，陈东先生因很多天连续操劳过度，突发脑溢血，很快不治身亡。

这一年，他刚刚51岁，很多人为之惋惜。这个世界，我们来的时候，就注定了都是要走的。能长寿，当然更好；若是不能，那么，在这种充分享受着"超越于物我之上的平静、舒畅与成功"的心境下，突然离世而去，也许是一种福分。

2015年8月12日记

一起买古书的老杨

前天听说老杨病逝了，心中袭上一股很重的凉意。俗话说，兔死狐悲，大概就是这种感觉。虽然本行专业是语言学，而且师从语言学界大师吕叔湘先生，但按照世俗社会对人地位、价值的判断来说，讣告上所写，老杨生前最有荣耀的头衔，是"国家文物鉴定委员会委员"，也就是国家级古籍版本权威专家，这个职位似乎要更重要一些。这个头衔，标志着他在古籍版本研究方面卓越的成就，在一定程度上，也反映出他是古籍收藏圈子里的顶级精英。

我认识老杨，是因为古刻旧本的收藏；二十多年来的交往，也几乎全部集中在一起购买古刻旧本上。现在，老杨留下那些耗费大量心血购藏的古籍，撒手远行。虽然说作为抽象的道理，没有什么人不懂，这是古往今来所有收藏家的宿命，但当你面对自己身边在这个"行道"上一同走过很久的人真真切切地离去的时候，还是难免心生悲凉。为离去的老杨，为一代代藏书家，也为自己。

初次拜识杨成凯先生，大概是在上个世纪九十年代前期，我刚刚调到北京工作不久的时候。一次，业师黄永年先生来京讲学，他到宾馆来看望黄先生，我正好随侍于永年师身边，有幸借机向他通报了自己的姓名。我称"杨先生"，他很谦和地说，自己痴长几岁，以后径呼"老杨"便是，不必客气。

此番相识之后，前后有十年左右时间，因购买古刻旧本，或在琉璃厂各家古旧书店中，或在京城古书拍卖会上，我们时常相见，相互咨询协商，往往得其指教。

收藏家按照其对外界开放或是封闭的态度，大致可以分成两大类型：一类是浅薄型的，一类是深沉型的。前者好显摆，买到自以为得意的书，便招摇过市，生怕别人不知道，甚者还写文章，编书籍，肆意表暴。后者深藏不露。盖所藏越丰富，越能更深切地体会"书囊无底"这句话，知道山外面还有更高的青山在，随便显摆，会叫高人笑话。我虽然算不上是"家"，但对所积攒古书的态度，就属于前面很浅薄的那一类型。老杨则与我完全相反。老杨做人深沉，做事沉着，很少听他谈论自己的藏品。在这里，我只能根据自己有限的观察，对他收藏的特点，略述一二。

上峰聘请他出任"国家文物鉴定委员会委员"，并不是随便给的荣誉。老杨藏书，重视基本典籍的早期重要版本，这是传统学术精髓所在，也是正统版本学家关注的焦点。我买书，总琢磨着找一些稀僻古怪的罕见版本，即业师黄永年先生斥之为"旁门左道"的东西。老杨和黄永年先生谈古书，总是谈得很融洽，关键就是两人趣味相投。

重视这类名著名刻，固然值得称道，而在当下，要想买来收藏，就不是老杨的经济实力所克承负的了。所以，对这类书籍，实际上他大多只能购买一些影印精品。由于一心一意想捡一些罕见的品种，那时我想，影印的书，印得再少，也是晚近时期批量生产。所以，除了个别专业研究迫切需要的书，一般并不去买。一次，我们一同遇到日本昭和初年皮纸影印的宋刻单疏本《尚书正义》，大概他自己已经藏有一部，反复几次劝我说："小辛，这价不贵，你做研究，是应该买的。"我却依然不为所动。直到近五六年来，因稍微多花了一点儿力气读书，才逐渐认识到这种影印古本的价值。可惜书价不可与昔日相比，已经没有能力购藏了。现在回想起来，更为敬佩老杨的眼光和学术修养。

与业师黄永年先生情趣相同的是，老杨注重的基本典籍，还有清儒学术名著。刚刚拍卖古籍那几年，偶然我还会在中国书店的小拍（即层次、位较低的小型古籍拍卖会）上买一两种需要的书籍，但由于囊中羞涩，每次去买想要的书，都是预先设定价位，多一点儿也不加，免得临场失控，被竞争对手带到一个很高的价位，以致无法收拾。一次，遇到一部嘉庆原刻本张惠言著《仪礼图》，这是叶德辉在《郋园读书志》所说"原版至为难得"的几种清儒学术名著之一，老杨对此早已烂熟于胸，而我还没有读到此书。他虽然没有明说，但我揣摩，应当已经收有一部，所以，极力劝我将其买下。拍卖会上，我俩儿并排坐在一起。当我出到预定最高价1,500圆后，再有人加价，我就放弃不要了。老杨几次用胳膊肘撞我，示意应再多出价，我都置之未理，结果便与此书失之交臂。后来老杨还再三为我感到惋惜，说："你做学问，这书早晚用得上，是应该买的。"那时若稍微多加一些钱，就可以买下。待后来书价暴涨，再遇到时，已经是可望而不可及了。

上面谈到的经史子集四部名著，是关系稍疏远者不一定都能了解的老杨藏书的一个重要特色，而他更为京城内外书友熟知的收藏专项，是历代词集和词学著述，尤其是清人词集。在这一点上，老杨和李一氓先生的藏书路数很相近。我偶然也买到过几部词集，都很平常，唯一值得一提的，是一部清人冯登府的《稇芸词》，为初刻试印样本，很罕见。因老杨专精此道，故呈请鉴定，得到了连声赞扬。老杨不仅不大与人谈他的藏书，也绝口不谈自己的学术设想。他比我年长很多，又不便贸然开口询问。我捉摸，

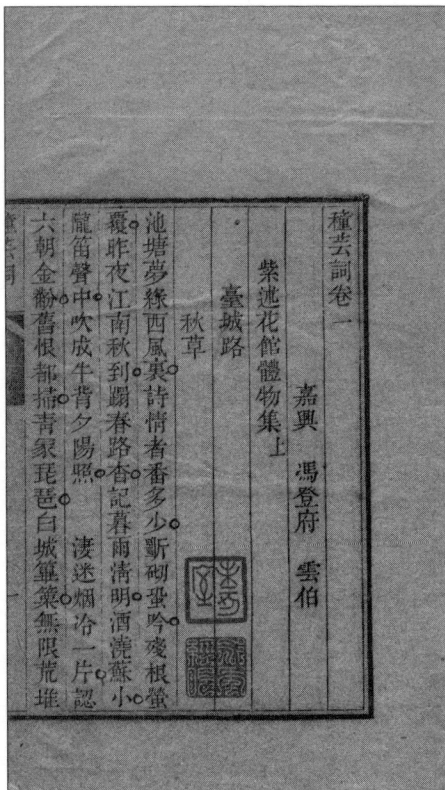

清冯登府著《稇芸词》试印样本

老杨花费很大精力收藏的这些词集和词学著作，大概是想编著一部同朱彝尊《经义考》和谢启昆《小学考》相类似的《词籍考》，但或许更加注重版本的特征和差别。现在老杨已经驾鹤西行，亦不知我的揣摩是否符合他的本意，以及是否写成了词籍研究方面的系统著述。

老杨偏重购买词籍的倾向，很惹眼。由于他在京城乃至全国各

地的书友当中，名气大，威望高，引得很多人也都学步其后，着意收罗这一主题。古书的价格，同所有古董一样，求之者众，就必然飙升。最让老杨不知说什么是好甚至哭笑不得的是，带头起哄，挑起这一追慕风潮的人，是同他、同我都非常熟悉的一位朋友。在一次拍卖会上，我亲眼见到老杨想买一部清人词集，老杨举一次牌儿，这位朋友就跟一次，使得书价一路狂涨，最后他付出比所预定高出两倍多的价钱，才买了下来。散场后我和老杨开玩笑说，那人既然这么喜欢凑热闹，你以后不如换个专题，改买曲子。老杨的性格，是不大开玩笑的。他很正经、同时也很无奈地说："哎，我买了几十年了，哪能说改就改。"另有一次，我很偶然地搭乘京城中一位藏书大家的车，闲聊中说起老杨的收藏。我劝那位朋友说："老杨这么好的人，他是要研究词，才集中买词集。你们不做研究，没有这样特别的需要，何必非跟他竞争，把价钱抬这么高呢？"不料惹得这位朋友一脸不快，气呼呼地跟我说："辛老师，你这么讲话，就是看不起我们不搞文史研究的人，以为我们没文化了。老杨的工资，就那么两个钱。要说做研究，他到图书馆看不是一样么？他那么高水平的人，要是这词集不珍贵，不能升值卖钱，他会花几千块钱买一部书做研究么？你说这话谁信呢？"一时间竟说得我哑口无言。对于有些人来说，这还真是一个说不清、讲不明的道理。这是名气的光环在给老杨赢得普遍尊重的同时，所附带的一项很麻烦的消极作用。

经老杨指点，我买下的最好的书籍，是一部《道光御选唐诗》。那是在有一年秋天琉璃厂的古籍书市上，中国书店扔出一大堆残卷零本古籍，也有一小部分首尾完整的全书，吸引古旧书瘾君子抢购，其中就有这册《道光御选唐诗》。这部书很奇怪，是用歪歪扭扭、大大小小的活字摆印，印制的效果不大像样，然而却是蓝绫面，明黄签条，明黄丝线，是皇家气派十足的"宫装"。究竟是由谁主导？为什么制作？以及是用怎样一种活字印制？都是很有意思、也很值得探讨的问题。但一小册书，标价500圆，可以说是全场书市中最贵的古书，因而，直到下午三、四点时分，还是无人理睬。老杨特地把书拿给我说："小辛，你信我的话，就赶紧买下来吧，这书不算贵。我已经有一本，不然的话，就自己买了。"当时我是半信半疑，多少有些勉强，收了下来。后来在摩挲展玩间才越

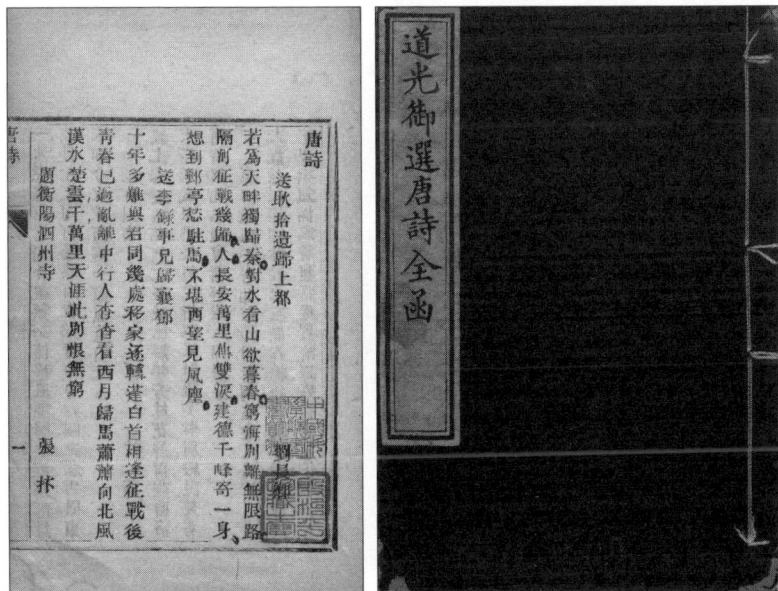

清活字本《道光御选唐诗》之书衣与内文首页

清嘉庆原刻本《小谟觞馆诗文集》内封面

来越了解到它的可贵之处，也愈加感谢老杨的盛情。

由于关注的重点不同，而且对于我来说，绝大多数书，都是可买、可不买的，老杨是兄长，更不能和他争。一块儿逛书店，只要老杨说他想买，就都先由着他。但老杨买书，往往不够决断。一次，和他一起遇到一部道光刻本《爱日精庐藏书志》，我本来也有兴趣，但老杨说，他很想买，只是还要考虑一下。我就花1200圆，另买了一部书店同时上架的嘉庆刻本《小谟觞馆诗文集》。因为作者彭兆荪的学问和诗文都不错，买下觉得是很值的。那部《爱日精庐藏书志》，老杨考虑好久，直到几个月后被别人买走，他还没有想好到底该不该买。由此一事，就可以看出，遇事犹豫不决，是老杨性格上的一个重要特点。过后，他倒是对我买《小谟觞馆诗文集》一书赞叹说，还是像你那样好，想买，买了就是了。其实，以我的性格，乱花钱，滥买书，买烂书的糗事，数不胜数。人的性格，是很难说清优劣得失孰多孰少的，能由着自己的性子做事，就是最好。

　　和老杨相比，我买书起点低、起步晚，眼力学识更不能望其项背，所以，箧藏旧籍没有多少能够入他法眼。不过，他对我关注一些稀见史料，还是给予充分肯定的，有几次和旁人说："小辛买书虽然晚，但'书运'奇佳，买到不少好书。"尽管只是归结于"书运"，我不大服气，但能够得到老杨的夸赞，还是很受用的。一次，我在琉璃厂一家书店，买了两本清康熙年间人余光耿的集子《一溉堂诗集》，就是康熙时期的刻本，很初印的样子。回来查了一下《中国古籍善本书目》的著录，仅社科院文学所一家有藏本，显然十分罕见。过了一段时间，老杨听到消息，问我可否出让此书，并问多少钱可以出让？

懂旧书的人都知道，像这样珍稀的书籍，可遇而不可求，通常是不会出让的，这不是钱的问题。不过，在这之前，我已经从其他渠道知悉，当时书店同时还上有这位余光耿的词集《蓼花词》，也是康熙刻本，与此诗集，应是同时刊刻，同样流传极罕，而老杨已经买走了《蓼花词》一书。于是，我就问老杨，是谁想要这部诗集？是不是您想要把它

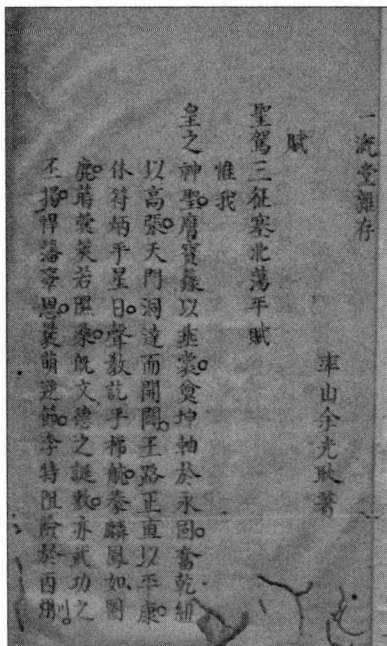

旧写本《一溉堂杂存》首页

和《蓼花词》配到一起？老杨看我说破，便实话相告，问我可否割爱，并让我开价。我说除了您，不管是谁，出多少钱，我都不会出让。但若是您想要，我一定以原价转给您。其实原价只有600圆钱，按照其应有的市价来说，这等于是出于对老杨的尊重，送给他了。附带说一下，与此书相关的是，我在外地，还买到一部这位余光耿的《一溉堂杂存》，旧写本，薄薄一册，却完全没有见到过著录，流传更为稀少。不过，这已经是后话了。

老杨不仅不大和别人谈自己的藏书，我听他谈所有事情，都很谨慎，但在专业学术问题上，却很有内在的定力，有强韧的坚持，而且十分认真。他曾对我说，对现代汉语语法，他有一整套完全不同于通行说法的建构，虽然目前并没有得到很多人的理解，但自信终究会获得大多数人的认可。在古籍版本方面，他告诉我，曾耗费大量精力，四处奔波，帮助订定《国家珍贵古籍名录图录》的舛错，严厉抨击某某某人造成大量本不应有的谬误。老杨真正起到了"国家文物鉴定委员会委员"所应发挥的作用。

由于书价暴涨，我在调离历史所以前，就已经不大去买古书，但老杨是语言所的人，同在一个大院里上班，时或还有见面机会。到北大历史系工作以后，我更是闭门读书，学术会议都很少参加，就不大见到老杨了。最后一次在古书方面和老杨有所交结，是很多年前，他身体刚开始出现不适后，我听有人讲，老杨自觉精力衰减，着手处理一小部分不大用得上的古书。我想到他有一部《苏藩政要》，是清末写本，记录清朝后期江苏巡抚的各项政务，具有很高史料价值，却不是他主要感兴趣的方向，因而或许有意出让。于

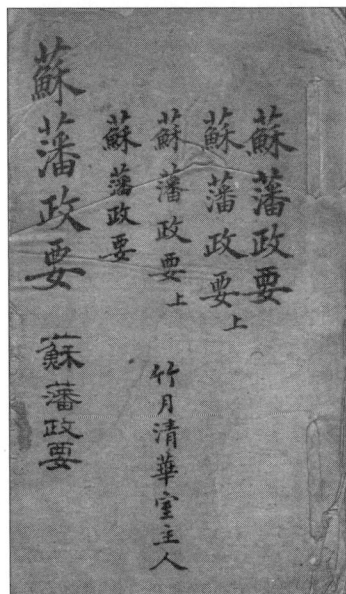

清后期写本《苏藩政要》书衣

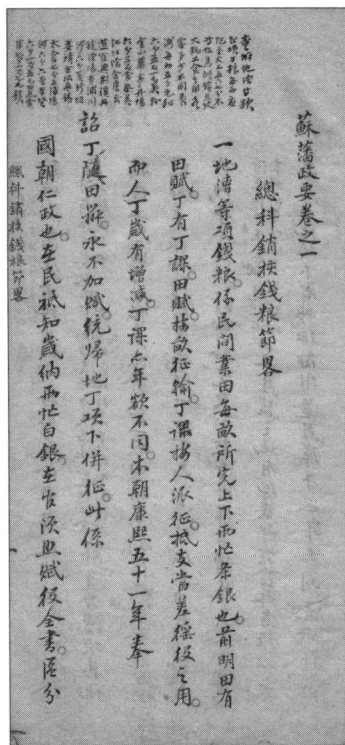

清后期写本《苏藩政要》内文首页

是，打电话给他，求问可否转让给我。老杨略一沉吟，讲道："你是做学问的人，这书也只有让给你才有用。书应该放在有用的人手里，那就给你吧。"就这样，他以低于市价很多的价格，把书让给了我。

古籍拍卖兴盛之后，富商大贾，纷纷入市收藏。老杨对这种情况，非常不满，不止一次和我谈过，这些人只是把书用作古董当摆设，实在是糟蹋了。他很慷慨地把这部《苏藩政要》转让给我，就与这一观念具有直接关系。但在另一方面，我理解，他也很珍视我们两人之间的交往，算是一位兄长，送给我的礼物，作为人生相识一场的纪念。意识到这一点，我想，只有趁精力尚好，充分利用各种古刻旧籍，做出更多更好的研究，才能不负兄长的情谊和期望。

在古书面前，虽然每一位收藏者都是过客，但能够在藏书、读书之后，留下有价值的研究成果，就犹如与古书一道获得了永恒。

2015年8月16日晚记

访书天下，拥书塞上

物理学家讲时间的相对性，平常人很难弄得明白，但人到一定岁数，时间就会过得飞快，仿佛突然有了很大的一个加速度。前年底，收到王树田先生惠赠他的大作《拥雪斋书影》，读后想写几句感想，但手头事情正紧，没有顾上。想不到，这一放就是一年多。

对于我来说，作者王树田先生，至今仍是未曾谋面的书友。但至少在他的一部分藏书面前，我也曾有过徘徊流连。我们对古刻旧本，都有一种近乎痴情的钟爱。

不同的是，王先生是一位更标准的藏书家，而我在这个圈子里，顶多只能算一个不太高明的票友。这样说，主要并不在于藏书多少，而是对收藏古籍所投入的热情，以及专心的程度。

我是历史学教学与研究方面的从业人员，因阅读古代典籍的需要，从新式洋装印本，转入线装古刻旧印本，是很自然的延伸；而且在一定意义上讲，也是拓展研究领域和增大研究深度之后，必然要发生的事情。

王树田先生的情况很不相同，他的职业身份，是诗人，是作家，当然像我们这个国家大多数文学创作家一样，还有一个领工资的单位，是内蒙古首府呼和浩特市的文联。从事这样的行当，同读古书，并没有直接的联系。——至少现在的情况是这样。因为现代的作家，通常不需要读多少书，全凭灵感。有了感觉，直接叫出来就好了，既顾不上酸不啦叽地掉书袋，也不需要有那么深远的历史思考。但王先生与众不同。买线装古书，与他的文学创作，在时间次序上，几乎是同步共生的。不知道是作品的稿费，让他财大气粗，还是买得好书的兴奋，激发了创作欲望。看着互不相干的两桩事，说不定有很实在的关联。不管怎么说，王树田先生购买古籍的缘由，与我是有很大差别的，这就是他对藏书的热情，显然比我要高很多，而且他买古籍，首先就是为了收藏。

在构成藏书家的各项要素当中，有人说，除了"钱"，就是"闲"，再一个，便是"空间"，也就是放书的房间。不过，进一步归纳，"空间"可以归入"钱"那一项里，因为拿着票子，就一定能买到房子。古书和新书不一样，不是一捆捆地从印刷厂里推出来，等着你拿钱去买。想买到好书，光有钱不行，还要有机缘。这机缘能不能遇上，在很大程度上，就决定于你肯不肯多花时间经常去访书，有没有条件到处去找书。

从经济实力上来说，在当今藏书家中，王树田先生无论如何也算不上有钱，是很普通的工薪阶层，因而只能以勤走多跑来弥补有限的购书资金。他访书的地点，几乎遍及中国境内各主要区域，而且经常往返出入。其实天底下的藏书家，大多数都这样，疯疯癫癫地到处乱跑，探头探脑地四处踅摸，只是频度各不相同而已。对于王先生来说，尤其需要勤跑多转，还与他家居的地点有关。他家住塞上，不像我这样居住在北京这一文化中心，同时也是全国最大的古书聚集地，更远离长江三角洲上诸如上海、扬州、杭州等这样一些古代文化和古刻旧本的渊薮，要想得到好书，不得不经常外出寻觅。

肯花比别人更多的时间四处查访，就一定能够觅得人所罕见的珍本秘籍。《拥雪斋书影》里谈到，一次，在北京城的一个小摊儿上，他买下一册明嘉靖本《历代史纂左编》，"初不以为意"，但后来却有了重要发现。

即使是正儿八经的历史学家，看到王树田先生对嘉靖本《历代史纂左编》不以为然，也可能不大看得懂；或者说越是高大上的历史学家，恐怕越看不懂儿这是怎么一回事儿。对此，需要稍微做些解释。

这部书的作者，是明朝嘉靖年间的唐顺之，号荆川，世人多称荆川先生。他在文化领域，声誉最著的建树，是古文。史学著作虽然有很多种，但多是撷取前人成书，重加纂辑，此《历代史纂左编》就是其中比较有代表性的一部。明清人书目，著录此书，多略作《史纂左编》，就连堂堂《四库全书总目》也是如此。其"史纂"之"史"，是以二十一史为主，而旁搜稗史，"纂"则是在这些史书中，选择关乎安邦治国之君臣事迹，分类编录；"左编"云者，乃取自所谓"左史记事，右史记言"之义，盖荆川先生同时尚著有《史纂右编》，辑录奏议言论，二者适两两相对也。

现在有很多对古代历史文化了解不够深入的人，往往会有一种感觉，以为古时候的人读书广博，什么"十三经"、"二十四史"，无不烂熟于胸。其实这是很大的误解。古代大多数读书人，阅读的范围，是十分有限的。以史书而论，除了《汉书》、《史记》，顶多扩展到包括《三国志》、《后汉书》的所谓《前四史》，除此之外，其他史书，通常很少有人理会，故宋人即已慨叹"一部十七史从何处说起"。惟因篇幅巨大，大多数人实在无法通读，方有吕祖谦《十七史详节》之纂。延至明代，再加上元朝官修的《宋》、《辽》、《金》三史，以及明修《元史》，仅仅是官方认定的"正史"，即已累积而成《二十一史》，通读愈加艰难。宽泛地说，唐顺之的《史纂左编》，就是在这一大背景下，出现的一部摘录诸史之要的"史抄"式著述。与《十七史详节》不同的是，《史纂左编》对史事的选择，以史为鉴的意图更为直接，也更加浓重强烈。正是基于其相对简略而又更宜于将历史的经验移用于现实这两项原因，此书在明代后期，一度十分流行，人们往往将唐顺之此书与司马温公《资治通鉴》并列，作为考古通今的首选读物（明焦竑《国朝献征录》卷二五孙矿著《吏部尚书赠太子太保谥恭介陈公有年行状》）。

然而，时过境迁，到了清朝中期以后，由于学术风尚的变易，读史者更强调直接读取第一手的原始著述，像《史纂左编》这样的"史抄"，尠少有人眷顾，流传已经相当稀少，以致钱泰吉《曝书杂记》即称其书"罕见"。王树田先生所得嘉靖刻本，系胡宗宪在嘉靖年间主持梓行，为此书最初刻本（其后在万历年间，又有翻刻），当更为稀少。而今王先生得此嘉靖原刻《史纂左编》却"不以为意"，我想，除了这部书的学术价值，不为治史者所重之外，还有一个更为重要的原因，这就是原书是一部一百四十二卷的大部头著述，他仅买到一册，当然只是全书中很少一小部分。阙损如此严重的残卷零册，藏书家当然不会看重。对于大多数古书爱好者而言，买下它，都不过是留个"样子"看而已。

人世间之所谓"奇遇"，就是发生概率很小的遭遇。买旧书之所以要肯花费时间到处勤跑，是因为按照统计学的定律，"小概率事件，在一次试验中是不可能发生的"；用大白话来说，就是仅仅偶尔去买一两次书，绝不会有以廉值购得好书的美事儿。但一个地方接一个地方，一次连一次，反反复复，常去常往，便相当于无数次重复的试验，出人意料的奇事，往往也就会出现在你的眼前。

这册《史纂左编》，本子很厚，这也是明代原装本固有的形式。当把这册《史纂左编》残本带回呼和浩特家中，拆解开来，取出每一页书背面后人装修添加的衬纸时，王树田先生大概会被眼前的景象惊呆的。——他从这册厚厚的明嘉靖刻本里面，取下来首尾完整的一部清刻本书。这等于是买一册残书，附赠另一册全书，不管是什么书，都属意外之喜，而更让王先生喜出望外的是：这还是一册稀世珍本。

这本书的名字，是《户部收取应解饭银则例》，刊刻于清雍正年间，当然这就是清廷在雍正年间颁行的衙署治事规则。这种"则例"是什么性质的书籍？在当时有着怎样的作用？对我们今天研治史事又具有怎样的价值？已故著名清史专家王钟翰先生回忆说，乃师邓之诚先生，在民国时期对此尝有概括论述云：

有清三百年间之事，清律固为一代大法，初暂用明律，几于全录明律旧文，以为比附之资。如内云"依大诰减等"，清初无大诰，亦援引以为处分减等耳。自后虽屡经纂修，然仅续增附律之条，而律文终未之或改。一代舍律用例，叔季则舍例用案。故知终清一代行政，大约"例"之一字，可以概括无馀。……

其时史学专家知矜贵档案矣，而不知则例即昔日档案之择要汇存者，且年远境迁，档案照例焚毁，今舍则例则将无以取征，是则例之可贵为何如也。

王钟翰先生还记述说，邓之诚先生鉴于"清亡逾三十年，则例亡散殆尽，苟不及时访罗，行且不可复求"，于是，促请燕京大学图书馆，遍求于北京琉璃厂和隆福寺各间书肆，在三四年间，购得各种则例五六百种。后来王先生据燕京大学图书馆所藏，撰有《清代各部则例经眼录》一文（以上相关叙述，即本诸此文），一一罗列清廷各部衙署的则例，然而检核此文，其间尚阙载《户部收取应解饭银则例》这一名目。因手边无书，一时还不易核对王树田先生所得，是否属于《钦定户部则例》的一部分，而非单刻之本，但即或如此，因王钟翰先生列举的《钦定户部则例》，最早亦为乾隆五十六年刻本，《中国古籍善本书目》著录者亦不过为稍早的乾隆四十六年武英殿本，故此雍正四年刻本，亦在其先，仍有不可替代的版本价值。像这样的书，即使不是孤本，传本也极为稀少，自宜珍之重之。

深谙个中三昧的人都懂得，最蛊惑人的藏书乐趣，就在这样不经意间得之当中。几十年涉历南北，王树田先生收藏古籍已多达六千多册，其中有不少是像《户部收取应解饭银则例》这样孤秘罕

传的珍本。其中如与我所
从事专业关系密切的明崇
祯十六年刻沈定之、吴国
辅著《今古舆地图》，是
目前所知中国历史上第一
部朱墨套印古今对照的
历史地图集，在中国历史
地理学史和中国地图学史
上，都具有重要价值，书
亦罕见难求，而王树田先
生也能收置书斋，摩挲赏
玩，实在令人艳羡不已。

因为本来就是为收藏
而买书，或者说很早就打
定了当藏书家的主意，

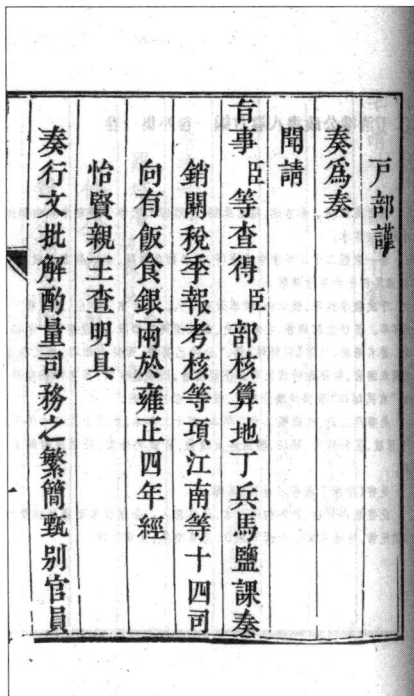

清雍正间刊《户部收取应解饭银则例》

因而不仅有好书，收藏有自己的特色，王先生还编有藏书目录《拥
雪斋书目》。再加上这部琳琅满目的《拥雪斋书影》，可以说，真
是一位各项要件都很完备的藏书家了。人生一世，能尽情做自己喜
欢的事，且亦成名成家，修成正果，拥书自怡，其乐何如，可想
而知。

不过，藏书家和所有收藏家一样，贪婪之心，往往莫知厌足。
呼和浩特当地有一家颇为有名的"文苑古旧书店"，老板段存瑞
先生，知书爱书，也很敬重读书人，我曾在他那里买过不少做研

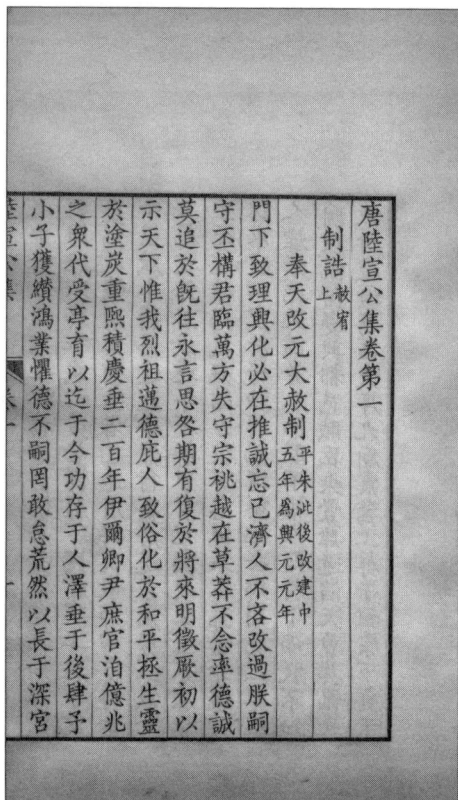

清雍正年间陆钟辉留馀堂精刻本《陆宣公集》

究需要的文史旧书，偶尔也买过两三部清代刻本，都得到了段先生的热情关照。近来看到王树田先生写文章，记述他与段老板的交往，谈到我曾买走一部雍正写刻本《陆宣公集》的事儿。文中说他本来先于我看好此书，因故没有及时付款买下，才被我插足掳去，文辞间显现出歉歉然神色。这部《陆宣公集》确实刊印精良，且传世无多，就连周叔弢他老人家都说是罕见之物（见李国庆著《弢翁藏书年谱》），王树田先生感到惋惜，是很自然的事情。不过，他与这书失之交臂，却使我们两人在旧书上有了比较具体的交结，这也可以说是一种缘分。

2015年8月26日记

历史所的夏老师

在研究所，同事之间的称呼，与大学多少有些不同。在大学，具体的称谓虽然相当微妙，但一般来说，对一些年长的前辈，可概称之为某"老师"。因为"老师"本来是对教员这种职业通用的礼貌性说法（我听大学教书的人自称"老师"，就像听到很多人向外人敬称自己的妻子为"我夫人"一样，总是觉得别扭得慌）。在研究所，没有特别的师承关系，往往就老张、老李地随便叫。

不过，在哪儿我都不愿意这样赤裸裸地和人说话。在社科院历史所工作将近十二年，和同事打招呼，大致有如下几种不同的方式：（1）本研究室的前辈，一律称"老师"；（2）其他专业的前辈，通称为"先生"；（3）年龄相仿乃至更小的，通称以"兄"。其中比较特殊的一位前辈，是图书馆的夏其峰先生，我从第一次见面起，一直称作"老师"。最初是因为前去拜访，就是想以后有不懂的问题随时要请教，熟悉之后，则更多地是发自内心的敬重。

来到北京工作以后，我才开始学着买一些古刻旧本。刚来时，历史所在建国门外的日坛路，后来搬回院部大院里，但不管是往里走，还是往外走，都靠近地铁2号线的建国门站。由建国门上地铁，没几站就到了琉璃厂边儿上的和平门。每次到所里上班的日子，看着表针，待上半个小时，让研究室负责人知道自己还规规矩矩地活着。然后，就去逛琉璃厂，看古旧书，有时从上午九点前后一直泡到下午五点来钟。在书店里，时或也会碰到同事，稍过一段时间，所里很多人也就知道了我这一癖好。于是，有前辈告诉我，图书馆的老夏很懂这个。老夏本来就在琉璃厂中国书店工作，后来是历史所为充实图书资料工作，特地从琉璃厂把他调过来的（当时社科院从中国书店选调了一批人，历史所以外，别的研究所也有）。只是大家都说老夏人很傲，不大容易接近。

那时候，我虽然刚刚三十出头，但若是从小学算起，起起落落，也算是有过一些大多数同龄人未尝有过的人世经历。经验告诉我，有傲骨，才更容易给人以真情。于是，特地去图书馆拜谒老先生，结果一见如故，相谈甚欢。人和人，有缘分，没缘分，实际上是看品性有没有相亲和的地方。

初见面时，夏老师就应该是接近六十的人了。一年四季，永远是一身中山装，深色，洗得干干净净，连领扣都扣得严严实实。不管是站着，还是坐着，腰板和脖颈，总是挺直的，仪态更像是有过行伍的经历。什么时候去，办公桌上也都是整整齐齐，清清爽爽，处处显示出一丝不苟的严整。

除了我们两个人之外，大概直到今天，恐怕都很少有人知道，我到所里上班时，会时常去图书馆看夏老师。通常只是随便聊聊天儿，没有什么具体的事情要沟通。夏老师说话不是很多，总是我向他请教的多一些，他讲的比较少，涉及本单位的事儿更少。在很有限的几件谈到历史所的事情中，有一件事，是我问他，历史所为什么不编一些特藏古籍的目录。

据我所知，历史所图书馆收藏的古籍，在中国社会科学院各个研究所中是最好的，不仅质量比较高，而且经史子集，一应俱全，不偏。一次闲谈中，李学勤先生告诉我说，五十年代曾有一段时期，琉璃厂差不多每周给历史所图书馆送来一批古籍，挑选出有用的明清刻本以及近代印本留下；发现更高档次的宋元刻本，则通知北京图书馆来收；其馀谁都不想要的，琉璃厂下周来送书时再自己带走。

当时主要由张政烺先生负责挑选，李学勤先生也参与其事，质量之高，实亦良有以也。但令我感觉有些不解的是，藏书质量远不如历史所的一些单位，比如文学所，都很早就编制了善本古籍书目，历史所却一直阙而未编。除了这种一般意义上的善本古籍之外，历史所图书馆还颇有一些世所瞩目的特藏，例如谢国桢先生以明清杂史笔记为主要特色的瓜蒂庵藏书，朱家溍先生兄弟几人捐赠的朱家几代人藏书，杨希枚先生在海外精心搜罗多年的研究用书等等。

听到我提出的疑问，夏老师反问："你看他们谁能编？"我说："当然只能由您来做这项工作。"夏老师说："不是没有议论过，但八字还没有一撇，大小领导都要来挂名当主编，你说事情是该这样做的么？"语气和眼神，都透露出一种坚定的自尊。不管领导是不是高兴，他就是不做。或许这就是传闻中的"傲"，而我却因此而诚心敬重夏老师。

和夏老师接触，感触最深，也是我最为敬重的，正是他时刻注意维护自己的尊严。从衣着言谈之庄重，到日常工作之勤苦敬业，无不如此。在我们这个国度里，尽量有尊严地活着，并不是一种很普遍的追求，这种追求也并不完全是随着受教育程度的提高而增长的，甚至在很多人的心中，根本就没有"尊严"这个词语。有一次在会议间隙，和李学勤先生闲聊，说起他最近患一个很普通的小病，去协和医院挂了专家号，也没有弄明白是怎么回事儿，最后还是自己琢磨症状，准确判明了病症。我有些惊讶，问李先生，协和那里不都是很好的专家么？李学勤先生指了指我们所在的社科院大楼："德勇啊，什么叫专家呀，外边儿马路上走的人，不也以为我们这里坐着的都是专家么？"听得我不禁哑然失语。其实徒有其名的，不仅是学术水平达标与否，更重要的，是人的教养，人的品格。

真正为买书，向夏老师请教，实际上只有一次。那是在琉璃厂一家书店里，看到一部由郑燮本人手书上版、倩金陵名刻工司徒文膏梓行的《板桥诗文集》，因为已是后印，价钱还不算很贵。拿不定注意，便找夏老师商量。他劝我说，这书你做学问也没有多大用，有特色的版刻，知道是个什么样子就可以了，还是省下钱，以后买用得上的书。于是，这部书就放弃没买。不久以后，我用差不多相等的价钱，买了一部《四部丛刊三编》影印的原稿本《天下郡国利病书》。和夏老师一讲，得到连声称赞。

夏老师经见太广，我买得起的书，又都不大像样，所以，很少请他看我的藏书。记得只是顺便带过一部清初人魏博著《家宝外集》到所里，夏老师帮助看了看，说书不多见，刻得也很整齐，还算不错。然后又加了一句："这不比司徒文膏刻的郑板桥集那种大路货要好多了。"

退休以后，夏老师被中国书店请去，帮助整理库存碑帖，工作的地点，在虎坊桥的库房，也就是中国书店内部通称的"大楼"。这里离琉璃厂各家中国书店都很近，顶多也就一站地的距离。去琉璃厂逛旧书店时，也就顺便去看望过他两次。因为以前在所里曾向他请教过铜活字本问题，第二次去时，夏老师特地请人到库房里给我找来一册《古今图书集成》的零册，大概一千多块

清乾隆刻本魏博著《家宝外集》内封面

钱，卖给了我。这大致相当于当时市价五分之二左右。夏老师知道我买不起，完全是靠他的老面子，请书店帮我的忙，让我手边能够有一册实物，以便体会把握这批铜活字本的版刻特征。本来我只是顺路看看他，这样一来，怕惹他多心，增添麻烦，后来也就没有再去看他。

在历史所时，我去夏老师的办公室闲谈，就感觉到他一直在古代版刻方面做着什么研究。但他没有说，也不便问。待我调到北京大学历史系工作以后，在2005年初，接到夏老师电话，让我给他编著的一部书写序。这时我才明白，他做的是一项规模很大的工作。

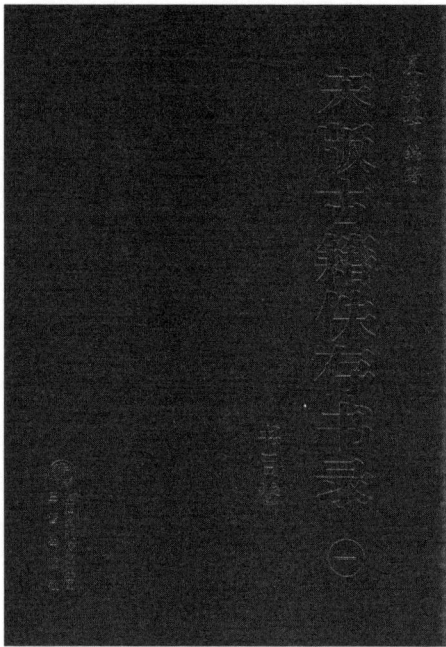
《宋版古籍佚存书录》封面

原来从上个世纪八十年代开始，夏老师就一直有计划地全面搜集、整理有关宋代版刻的资料，总共汇集4600多种宋刻版本，编著成了一部《宋版古籍佚存书录》。书中具体包括书目和刻工名录两大部分，而不管在哪一方面，其详明程度，都是空前的，而且就他的工作环境来说，编著这样一部书籍的条件，并不太好，很难和北京图书馆、上海图书馆这样一些蓄藏有大量宋版书籍的地方比。当时我好像还没有给别人写过序，面对这样一部巨著，作者又是我的长辈，实在不敢当。我告夏老师最好还是请历史所其他老先生来写更合适，但夏老师说，他们大人物都忙，咱们爷俩有缘分。所以，还是让我来写。

当时本来已经确定，很快就要出版，但不知为什么，延宕很久，直到2010年7月，才在三晋出版社正式印出。全书是用夏老师自己手写的底本付诸影印，煌煌四册16开精装大本。不用说资料搜集、整理、排比付出的巨大心力，仅仅是那一手秀美的行书字，近百万字，誊录得整整齐齐，一笔不乱，就不能不令人叹服。更令人敬佩的是，这书的最后定稿和誊录，都是在他身患癌症而且病情日渐加深的情况下勉力做出的。

记不得是在2010年的秋天，还是2011年的春天了，总之是在一个略带寒意的季节，夏老师给我打来电话，说是由于我搬家，电话

夏其峰先生手书《宋版古籍佚存书录》内文

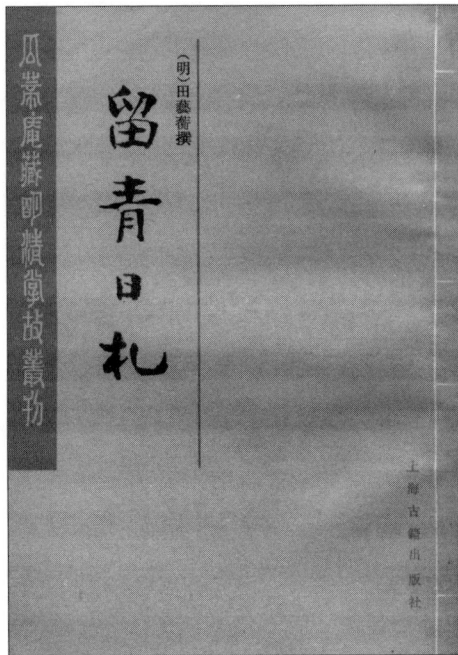

瓜蒂庵藏明清掌故丛刊

（明）田艺蘅 撰

留青日札

上海古籍出版社

《瓜蒂庵明清掌故丛刊》中谢国桢先生自己题签的《留青日札》

换了号码，找了好久，才联络上我。打这个电话，是告诉我书已出版，要送书给我。听到这部大书终于正式问世，我从心底里为夏老师高兴，马上去他家里取书。

夏老师的家里，朴素整洁，一如他的办公室一样井井有条，他也还是那样一身洗得干干净净的中山装。尽管重病在身，但除了更显清癯之外，面容、目光和言谈，所有的仪容举止，都依然如故。我知道他的身体状况已经很不好，但理解他的自尊自重，没有多问病情，随便聊聊天，说说古籍市场的行情。谈到我去北大教书的事情，夏老师说，我没看错，你是念书人，本来就不适合当官。除了他新出的大书，夏老师还送给我十几册谢国桢先生《瓜蒂庵明清掌故丛刊》的零种，淡淡地说："你喜欢看这种影印的书，教书、写文章，总会用得上的。"临别时，他坚持送我到路边。出租车开动后，我回头看，夏老师一直目送着我渐渐走远。

　　在他拿出那捆早已准备好的《瓜蒂庵明清掌故丛刊》的时候，我就明白，夏老师知道自己的身体支撑不住了。除了倾尽精力写成的《宋版古籍佚存书录》以外，他是要把这些书籍，也留作给我的纪念，纪念我们相识相知的缘分。在出租车里回望，看着他伫立在凉风中的身躯，我明白，这是在和我做最后的告别。果然，没过多久，2011年的夏天，夏老师就去世了。回想我们最后这一次见面，夏老师留在我眼里的形象，就是严整地保持着一贯的尊严。

2015年8月9日记

索介然先生的书房与书

1992年，我由陕西师大调到北京，进入中国社会科学院历史研究所工作。没过多久，就见到了索介然先生。他是来历史地理研究室，找人问一个历史地名的问题。索先生走出去后，研究室的老师向我介绍说："翻译组的人，日语好。"

在这以后，除了开全所大会，一般见不到他；况且根本没打过招呼，见了也跟没见差不多。比较多地接触索介然先生，是在历史所迁回建国门内的院部大院之后。也不知道是因为什么原因，历史所在办公楼后面的一排小平房里，给了他一间房子住。这里不光离研究所近，还靠近院部的食堂。这样就很容易碰上，不知不觉间也就相互熟悉了。

有几次在食堂打饭，和索先生排在了一起，他就邀我去他那间小屋里，一边聊天一边吃，或者吃过饭后再去聊。

我喜欢和索介然先生闲聊，首先是因为他读书多，谈各方面的文献，都能够有比较具体的交流。历史所里，学术大家很多，更有一些身负"清流"之誉的学者，在以论带史横行于世的日子里，默默地像推土机一样一本一本地通看所有看得到的史籍。譬如研治隋唐史的张泽咸先生，研治宋史的王曾瑜先生，研治明清史的郭松义先生等等，都是这样的路子，令人望而生敬。但这些学者也都是专家，看书首先是要按照特定的主题，摘抄卡片，搜集积累史料。这样一来，注意力也就不可避免地要有所集聚，或者说是有所偏倾，偏向于特定的史事史籍，而对与其治史主题关系疏远的史事史籍，往往不够关心。

索介然先生不是这样。我和他第一次谈论得较多，也感觉很谈得来的话题，是关于吕祖谦的《东莱博议》。一般研究宋史的人，即使看到，对这书也不会多予关心，实际上恐怕还很少有人会看，更弄不清楚其价值何在。简单地说，《东莱博议》是吕祖谦教人写史论的，而这种史论是宋代以后科举考试的重要内容，不仅在南宋时期就有很大影响，以后历经元明清三朝，一直是蒙学堂里必读的范本，流风馀韵，影响所及，甚至民国时期很多报社评议时事的社论，也都是模仿《东莱博议》运笔的架势。

谈起此书的来龙去脉，索先生头头是道，如数家珍，这除了读书广博之外，还与其家世有直接关系。"索"这个姓，来自满族索绰罗氏，本是清朝的世家大族。可是，到他祖父辈一代，索家这一支就已经破落，竟不得不依靠开馆授徒为生。所以，家里过去有很多这类蒙学书籍。像他家这样一些旗人，有的在清朝生活就已经相当困顿，有的则是到辛亥革命之后，始堕入落魄的窘境。但不管怎样，基本的文化教养，大多都是相当完备的。

吸引我去聊天的，还有索先生这间"书房"。十几平方米的小屋子，放满了书。靠在墙边的几个公家处理的五十年代的书架，根本无法摆放那样多的书籍。结果大多数书，是一摞摞地堆放在地上。房子小，书堆得又太多，根本进不来第三个人。那些年，我所在的历史地理研究室，十几个人，同在一间屋子里，说话嗓门一个比一个大，又是有话抢着说，喧嚣可想而知。坐在旁边，听着这一片嘈杂，简直就像遭受刑罚一样。这也逼使我时或逃离到索介然先生的小屋里来。两个人相对坐在书堆里，静静地说说古书里里外外的事。

在这间"书房"毫无修饰的墙壁上，用圆形大头图钉，很随意地按着两幅启功先生题写的墨宝，没加任何装裱，不经意间透露出主人和启功先生的亲密关系。清帝逊位以后，有很长一段时间，启功先生的生活，也颇为艰难，后来赖陈垣先生施以援手，生活才安定下来。在他们这些旗人，特别是贵胄望族之间，另有一个外人不易察知的网络。这也就像他们的汉文化素养，同样另有一个很悠久的传承，并一直延续到索介然先生这一代身上。在索先生过世之后很久，我读顾颉刚先生的日记，看到在上个世纪五十年代，他曾是顾先生家里的常客。从中可以看出，由于自幼具备良好的学术素养，索介然先生曾与很多学界前辈有过很亲密的交往。

刘俊文先生主持印制《四库全书存目丛书》的时候，已经退休的索介然先生，被聘用帮助核对书版。这主要是通过逐一检核，来保证影印本前后页码编排的准确性和书版摄制的效果，是影印古籍过程中很关键的技术环节。由于要赶进度，工作比较紧张，刘俊文先生给包括索介然先生在内的这一拨工作人员，在北大附近安排了宿舍。当时我住在北大东门外的中关园，距离不太远，就抽空儿去看望过索先生一次。宿舍条件虽然不是很好，索先生对这工作，却兴致很高。

想不到正是这件事，给索介然先生造成了致命的损害。——他在工作中，突发脑溢血，倒了下去。经过治疗，又维持一大段时间之后，最终还是离开了这个世界。先生离世之后，有人说，是因为工资收入太低，生活窘迫，才逼使他这么大年龄，还不分白天黑夜地给出版商打工，以致一病不起。

这话也许有一定道理。但我更愿意相信，是这项工作，让索先生能够用其所学，在整个出版流程中发挥很实际的作用，才激使他忘我投入，导致不幸发病。历史所给他安排的本职工作，只是翻译日文资料。在我来历史所工作以后，从来没有看到组织上具体开展过翻译的项目。这段时间内，索先生唯一的翻译成果，大概就是我也参加过一部分工作的《日本学者研究中国史论著选译》。这也是由刘俊文先生主持的事情，我翻译的是第九卷《民族交通》（实际上还有历史地理）的大部分篇章，索介然先生一个人，译出了第五卷《五代宋元》。虽然从来没有和索先生谈

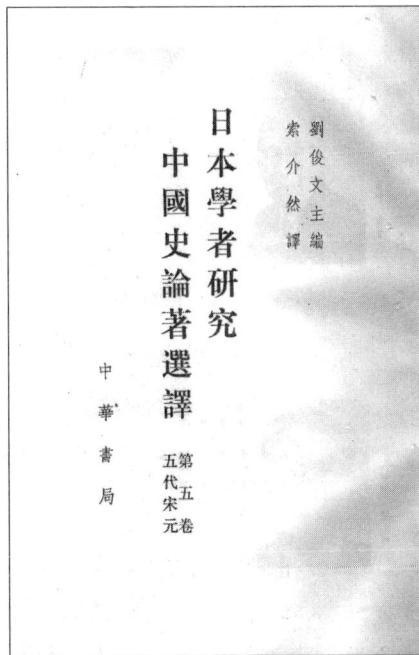

索介然先生译《日本学者研究中国史论著选译》第五卷

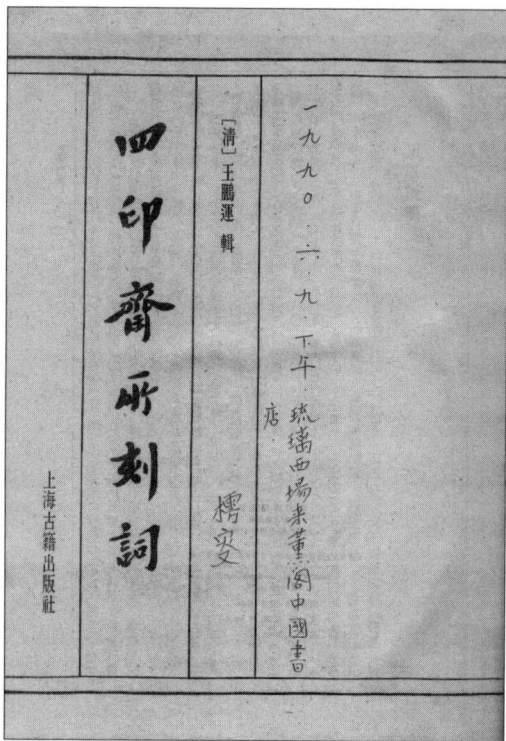

四印斋所刻词

[清] 王鹏运 辑

上海古籍出版社

一九九〇·六·九·下午 琉璃西场来董阁中国书店。

樗斧

索介然先生旧藏上海古籍出版社影印《四印斋所刻词》

论过日文翻译问题，但看他翻译的功力，可以说是轻车熟路，没有什么难度。他没有走写文章做专题学术研究的路，良好的文史修养无所发挥，印制这样重要的典籍，能够从中发挥作用，我想他会心怀喜悦的。

索介然先生去世时，我正在日本访学。回国后去所里上班，图书馆的杜先生问我到哪里去了，找我也找不到。我问什么事，杜先生说，老索病逝后，他儿子来处理东西，要卖书。我知道你喜欢书，和老索也谈得来，想通知你和他儿子谈谈，把书都留下来是了。但一直找不到我，索家人无法再等，就都卖给中国书店了。

由于动荡岁月的损毁，我在索先生的书房里，并没有看到什么稀少的好书。不仅没有古刻线装本，甚至连"文革"前的旧书都不是很多，大多数书，是改革开放以后才陆续新买的。但不管新书旧书，书房里的书，都能最直观地透露一个人文史修养的深度和厚度。索先生藏书的特点，是经史子集基本书籍，几乎样样具有，既深且广。聊天时，看到他正在展开阅读的书籍，比较多的，是先秦两汉的子书，但一看我姓辛，谈起稼轩词来，也有很多话说。现在的专家，已不大有人这样读书。

一年多以后，在灯市口的中国书店里，看到了索先生的藏书。睹物思人，特地选了一本《四印斋所刻词》，留作纪念。在这部书的扉页上，写有索介然先生的购书的题记。闲暇时偶一捧读，眼前总是会浮现社科院大院里那间堆满书籍的小屋，浮现索先生摊开的书册，还有那钉在墙上的启功先生的墨迹。

当年在那间小屋里和他闲谈时，我就常想，对于索介然先生来说，读这些古代典籍，大概是自幼以来形成的习惯。这就像生而饮食，长而男女，是生活的基本形态，也是只要生存于世就必然要做的事情，与世俗的功名无关，也不是为成就一番事业。虽然说在他的身后，这一屋子的书，一生的积累，说散也就散了，但在活着的时候，他由着自己的性子读了，这就没有什么遗憾。让我感慨的是，人的一生太短促了，想买的书多，能有时间读的书却很少很少。好在书比人寿长，一代代的人，可以接着来读。

2015年8月9日记

向老与我的藏书

"向老"是中国社会科学院历史研究所后生晚辈对杨向奎先生的尊称，在历史所内部，相沿已久。我虽然在1992年才调入历史所，但向老和导师史筱苏（念海）先生是同门弟兄，两人都是顾颉刚先生的得意门生，所以，很早就听先师讲述过他的一些故事。其中一件与书有关的事儿，筱苏师是这样讲的："拱辰先生（杨向奎先生字拱辰）到我家里挨个屋子转了一圈说，史念海，你的书呢？书都放在哪里啦？"筱苏师指着家里几大书柜新式洋装书，很尴尬地说："就是这些书了。"两位老先生这一番对话所针对的问题，是筱苏师家里基本没有线装书。这个故事，给我留下一个很深刻的印象，即对于向老来说，我们常看的新式洋装书，不大能够算得上是书，他讲的"书"，就是特指线装古籍。因而觉得向老自己家里，一定有很多古刻旧本，不然何以会如此踩估我的老师？

我到历史所工作时，向老年事已高，在所里很难遇到，更无由上门求证此事。有一次，具体主持《国家大地图集》历史地理卷编绘工作的高德先生找我做点儿事，闲聊时知道他常去向老家里，就顺便问了一下。高德先生告云向老线装书是有一些，但并不很多，似乎也不是很讲究版本。后来在我做历史所的狗官那几年，因职务在身，终于有机会以"所领导"身份去登门看望老先生。但杨家客厅里根本就没有什么书，甭说线装古籍，就是洋装书，也没有看到；不用说身为晚辈，即使是同龄人，也不好为满足好奇心而强行"看望"人家的书房，因而三番两次，都是悻悻然歉歉然告退而去。

尽管始终没能看成向老的藏书，却早在做副所长之前，就请向老给我写过一篇题记。前面提到的高德先生，复旦大学新闻系出身，在社科院做过很长一段时间科研局长，是一位温文尔雅对知识分

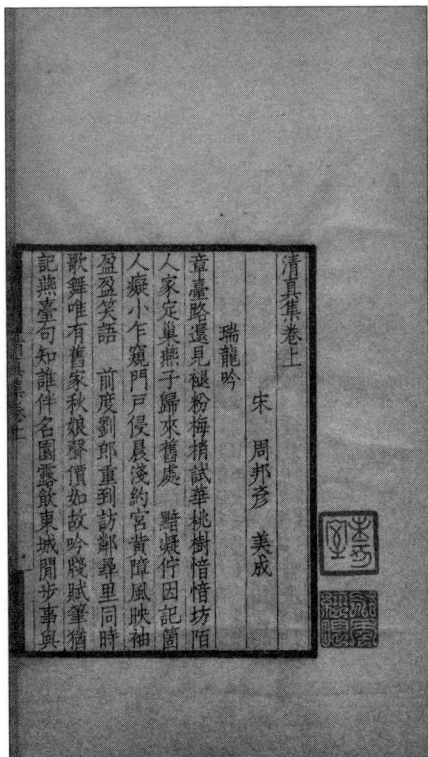

清光绪郑文焯校刻本《清真集》

子极其谦恭的政工干部，工作往来中和向老建立了很亲近的个人关系。于是，就试探着问，可否请向老给我的藏书写段题跋。高先生一问，向老很爽快地答应了。那时我刚刚买旧书不久，手里没有什么像样的书值得他老人家动手写。记得是经高德先生向他提了几个书名，向老感兴趣的只有一部光绪时期郑文焯校勘的《清真集》。

《清真集》是宋人周邦彦的词集，郑文焯是清末著名词人。这一校本，一向以精审著称，而且写刻字体秀雅，是由当时著名刻工

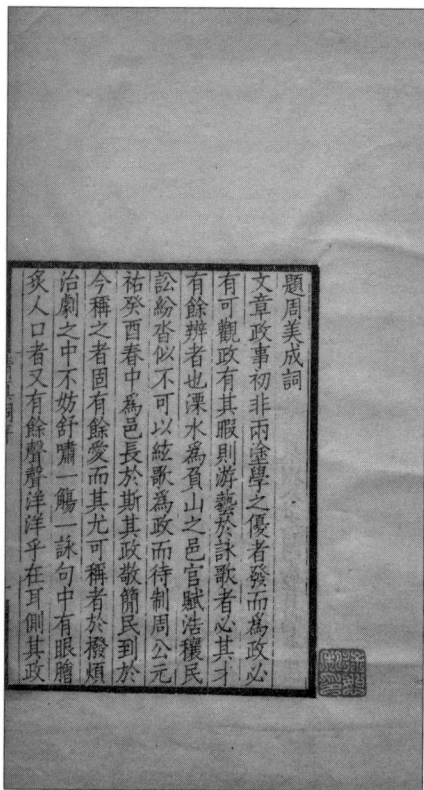

郑文焯校刻《清真集》上钤盖的徐恕印章

黄冈陶子麟操刀。这部书还稍有说道儿的是，乃为近代著名藏书家徐恕（字行可）的旧藏，书中夹有一页临摹的敦煌壁画，或亦出自行可先生之手。我是上个世纪九十年代初，在海淀中国书店花30元钱买下的这部书（上下两卷，附《补遗》与郑文焯撰《清真词校后录要》，分装两册），今天看来，虽然也算得上是件不错的藏品，但在当时，仅仅就其版刻而言，实在无足称道，向老更不会看得上眼。我想，引发向老兴趣的，恐怕只是周邦彦的词作本身。盖清末以迄民国，词学曾盛行一时，向老是才子，年轻时或亦受此风气熏染，对宋词有过较多关注，甚至倚声造句，试过身手。

在高德先生那里一得到讯息，我就急忙先把这一《清真集》刻本带给高先生，请他转呈向老过目，并告过几天再去琉璃厂选购宣纸送上。不料没等我去买宣纸，高德先生就给我带来了向老的题

郑文焯校刻《清真集》中夹附的敦煌壁画摹本

字。虽然只是用钢笔写在历史所的横格稿纸上，但字体苍劲有力，文字内容更非如向老之大手笔不办：

> 周邦彦、辛稼轩以后，词坛无波澜。姜白石雅淡，梦窗、草窗趋于纤巧，无复北宋之铁板红牙，杂沓纷呈矣。
>
> 杨向奎题《清真集》
>
> 一九九四、八、八日立秋

寥寥数语，把南宋词坛大势，勾勒分明，笔力气势实在雄强。其实向老研治先秦以至汉代的历史，研治清代学术，叙事论理，为文亦无不具此神髓。

寒斋藏书，与向老之间的另一项因缘，是偶然捡到一册向老批改的袁行云手稿。正儿八经历史系毕业的人，似乎很少有人关注袁行云先生的研究，甚至很多人都不知道他的存在。袁行云先生生前在历史所清史研究室工作，但他不像历史所其他很多同龄人那样，是大学毕业由组织分配来的，而是改革开放之初，在社会上公开招聘来的。生前最主要的精力，用于撰著《清人诗集叙录》，是一部质量很高内容也相当丰富的历史文献学著作，同时也是清代文化史研究的重要成果。

有一天中午，历史所的科研处长，把一大堆老早的"科研档

杨向奎先生题箧藏郑文焯校刻《清真集》

启功先生为袁行云先生《许瀚年谱》题签

案"扔到门外的走廊
上，准备作废纸卖给收
破烂儿的。因为这里面
有很多学者送报的科研
成果，有发表论文的期
刊、论文集，也有正式
出版的专著，我就去挑
选一些看得着的论著。
在这当中，就有袁行云
先生的一些东西。其中
有一部毛笔手写的《许
瀚年谱》，好纸好墨，
线装，还是启功先生题
写的书名；另有一册
钢笔钞写的《许瀚（印
林）著述考》，上面都
有铅笔批注的字迹，乃
是袁先生来所时投上的

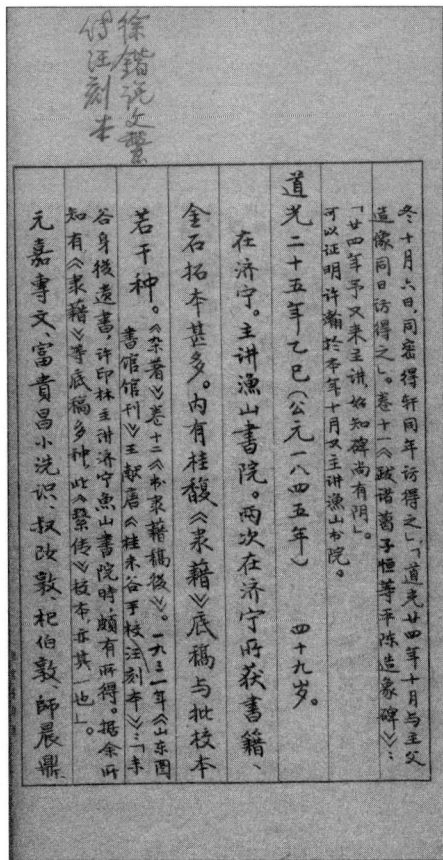
袁行云先生《许瀚年谱》内文及杨向奎先生批语

代表作。因为此前得到过向老手书的题跋，一眼就看出这些批注是
出自向老之手。当时他正担任清史研究室的主任，清代学术史又是
他的专长，故由向老来审核袁行云先生求职应聘的材料。

在这之前，我就检读过袁行云先生《清人诗集叙录》的很大一
部分内容，对其治学之笃实勤奋，非常钦佩。现在得到他这部用毛

笔精心写录的文稿，既有启元白先生的题签，又有杨向奎先生的批注，三美兼并，竟在不经意间得之，不能不为之得意。

2015年8月12日记

【附记】拙稿在微博上公布后，有人告袁行云《许瀚年谱》稿本上的批语，应出自张政烺先生手笔，或是。2016年1月24日补记。

好人邓自欣之书的故事

邓自欣先生，是过去在历史所工作时一位前辈同事，是个很好的好人。

历史所历史地理研究室，加上我，当时有七八个人，邓先生年龄最大，他们同辈人叫他"老邓"，我恭恭敬敬地叫他"邓老师"。

邓老师是四川江安人，和近代大藏书家傅增湘是乡党。像巴蜀之地所有的生民一样，他也讲着一口声调高亢的四川话。其独特的地方，是每一个熟悉他的人，都能够听出，他的话音，还声声透露出朴实、热情的天性。从大的方面，也就是就整个历史研究所来说，在很长很长一段时间里，他一直是所工会的主席，全心全意为大家忙活了几十年；对我们研究室来说，不管谁遇到大事小事，只要他听到，都会嘘寒问暖，帮助出主意，想办法。在他自己的本职工作上，更是老老实实地听组织的话，规规矩矩地按领导的指示办。每周两次"返所"上班，他从不缺勤；更确切地说，只要家里没有什么离不开的事情，在周末以外的日子，邓老师大多也都来所里查书、读书，或是写稿子。这样的人，当然不管对于领导，还是对于每一位同事来说，都是十足的好人。

不过，好人并不一定事事都很好过。邓老师身体略微有些佝偻，清楚显示着大半生的生活所施加的重压。这种压力并不是来自荒唐年代的政治情势，而是养家糊口的艰辛。听研究室里别的老师讲，邓老师的老伴儿，一直没有正式工作，而在嫁给他时，是带着一大帮孩子过来的。所以，生活一直比较窘迫。

即使是这样，省吃俭用，日积月累，到我认识他时，家里还是积攒了不少与专业研究相关的书籍。这与他家住东城，去东单、隆福寺、灯市口乃至琉璃厂的中国书店都比较方便也有密切关系。常逛这些古旧书店，往往能够买到比较便宜的学术书籍。当然，都是非常普通的旧书，不会有什么珍本、善本或是新出版的名贵印本。

到规定的年龄，邓老师退休了，但退休后还时常来所里转转。从年轻时起，做工作，他就完全听从组织安排，所以，几乎没有独立研究过专业问题。过去所做的工作，或是根据组织安排来汇编史料，或者从事"集体项目"，比如编绘历史地图，编纂历史地名词典，等等，都是这样一些事情。组织已经把他塑造成型，成为流水线上的一名组装工人，一旦退休，离开既定的岗位，就无法再继续自己的专业工作（他退休后仍来所里看书，是做《中国历史地名大辞典》的扫尾工作）。

到底是好人。自己用不上了，那就送给别人用。邓老师分两三批，拿出一小部分自己购藏的专业书籍，放到历史地理研究室的办公桌上。然后，在所里贴出告示，告新来所工作的年轻人，谁有需要，都可以来挑，他无偿送给大家。因为在同一个研究室工作，我当然是历史所新来年轻人中最方便抢先下手拿书的人，但一本也没有动。

过了很长一段时间，有一位年轻同仁问我，当时为什么没有要邓老师的书，是不是没有看得上眼的？我告诉这位同事：邓老师比我们年长那么多，北京买书又那么方便，当然会有我很需要而又尚未购得的书籍。但邓老师这次定向送书，我理解，是希望所里新来的年轻人能够多了解他，了解历史所有这样一位给大家

民国《四部备要》本崔鸿著《十六国春秋》

做过很多好事的好人。我和邓老师是同一个研究室的人，他直接帮助过我很多，而且早就特意挑了一本线装书送给我。虽然只是《四部备要》铅印的《十六国春秋》，但邓老师一生拮据，这在他的书籍中，已经是很高档次的精品了。既然已经直接感受过他的热心善行，所以，就不能再拿书了。俗话说，雁过留声，人过留名。邓老

师希望通过做好事来赢得人们的关注和尊重，这心意，我很理解，也要尊重。

邓老师其馀更多的藏书，统统一次性地捐给了中国社会科学院图书馆。捐献那一天，不是规定"返所"上班的日子，我偶然有事去所里，遇到了刚刚把书送到院图书馆的邓老师。看他的表情，有些兴奋，也很满足。邓老师告诉我，在捐书时，他向院图书馆负责人提出了如下三点要求：第一，写一份收到捐书的字据；第二，在社科院的院报上刊发一条纪事，记录他这一举动；第三，请求院图书馆，给他办理一个借阅该馆藏书的"图书证"。

那时，我真是太年轻，觉得想都不用想，这三点要求是天经地义必然要办的事情。万万没有想到，让邓老师等了一个月，又是一个月；等了一年，又是一年。最终，直到七八年后我离开中国社会科学院的时候，也没有人给他兑现一件。——这就是好人邓自欣先生书的故事。

2015年8月18日记

田余庆先生印象

田余庆先生离世，门生故旧纷纷撰文悼念。我与先生接触有限，追忆往昔，只有很少几个片段的印象。

第一次登门拜见先生，是为接收一名田门弟子到历史所工作。我们相向而坐。先生讲话很少，大大的眼睛里，投射出审视的目光。我感觉，这道目光，在落到我身上之前，还穿透过很长一段岁

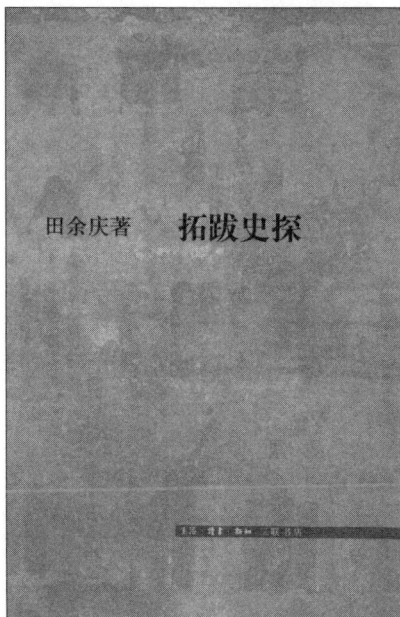

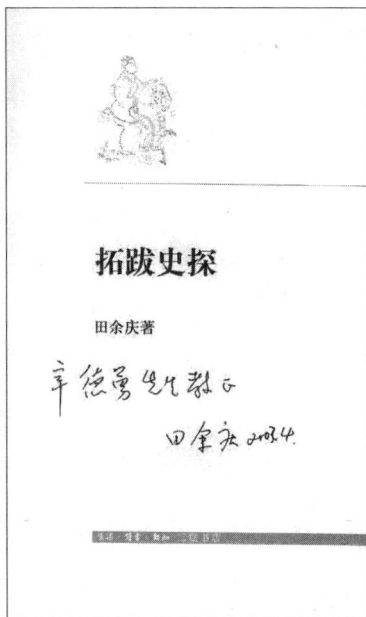

田余庆先生惠赠《拓跋史探》

月。这样的场景神色，直到今天，仍历历在目。这是我感受颇深的一次经历。

《代北地区拓跋与乌桓的共生关系》一文写成之后，由于篇幅较长，一时找不到合适刊物发表。当时我正在《中国史研究》主编任上，听说后马上求来，并当即发稿，为刊物增光生色。人生老年得子，往往格外爱惜，学者为文似乎也是如此。在发稿前后和先生的通话中，我感觉先生对这篇文章瞩望殊深，想尽早面世，看到学术界的反应。

入室弟子为先生举行八十寿庆座谈会，先生请人转告，安排我也参加。这自然是很荣幸的事情，觉得自己为人为学有些基本的东西，或许得到了先生的认可。这一天，先生很动情，吟诵了前晚写的一组诗。说句失敬的话，从文学色彩和古诗素养两方面看，诗写得并不太好，但情感勃发，淳朴真挚。并不是所有老人，都能返璞归真。

和先生最亲近的接触，是有一次在昆明参加学术会议。晚饭后陪先生散步，先生突感心脏不适。我架住先生在路边稍事休息，待状况平复后，又搀扶先生慢慢走回宾馆房间。这时候的先生，只是一位需要有人照顾的长者，看晚辈的眼光，温厚柔和。

近七八年来，因与先生同居一个小区，时常会遇到先生在院子里散步。大约是在两年前，先生很关切地说，你这些年写了不少文章，这很好，但年纪也不小了，应该考虑选择重大问题，写一两部放得住的书。

先生的关切，让我十分感动，也深知先生所指示的正是大学者应该走的路径。只是我天资驽钝，而且生性顽劣，读书做学问，不过满足好奇心而已，从来没有什么抱负。我们七七级上学时校园中有一句流行语："不想当将军的士兵绝不是好士兵。"把它套用到学者身上，就是"不想当大师的学者绝不是好学者"。如果说我在年轻时对自己也曾有所期望的话，那么，能做一个不太蹩脚的匠人也就心满意足了。

先生已经身患重病，还为我谆谆指点学术前程，实在没法跟先生谈这些不着调的想法。同时，也不便汇报自己在一些具体问题上与先生不同的看法。

2015年2月11日记

追忆浦江

像我们这个年龄段的人，有同学、同事、友人离世而去，不一定太过哀伤，因为已经到了相继走向归宿的时候。浦江兄到底还是先一步走了，心却很痛，很痛。

学术生涯是清寂的。长年累月，走在这条路上，既需要有探索的情趣，也需要学者之间的相互认可。到北京工作以后，从浦江那里，我得到了最多这样的激励。

我刚做《中国史研究》的主编不久，召集过一次在京学者座谈会，请大家帮助出主意，办好刊物。浦江在与会者中年资最轻，发言却最为犀利，率先当面厉声斥责主编失职，所刊发稿件，竟有人使用了晚出的伪书，而把握不住史料，就不可能办好刊物。当时就有朋友小声对我说，浦江太狂傲失礼。我却很高兴，因为浦江指出的失误，正是我想竭力避免的，而且我也常常这样讲话。浦江直言不讳的批评，警示我工作要更加仔细，要更努力学习相关知识，而我从中感受到难得的真挚。

浦江对人、对学术的真诚，常常体现在认真对待他人学术见解这一点上。固执，是浦江性格中另一项突出的特征。对待与自己不同的看法，有一些学者采取的态度是不屑一顾，一概不予理睬，"知名"学者尤甚。浦江虽然会很坚持自己的观点，但却一向仔细审视歧异的说法或是反对意见。我很赞赏浦江这一点。

在纪念邓广铭先生百年诞辰的学术会上，组织者安排我为浦江的《〈契丹地理之图〉考略》等四篇文章做评议。我查阅相关资料，总共写了8,000多字的评议意见，其中评议浦江文章的篇幅，占一半以上。虽然正式发表时并没有吸收我的意见，但他理解我的憨直，不为怪罪，要去底稿，做了认真的思考。浦江就是浦江，有他自己的道理。换了我，没准儿也会这样。

浦江的坚持，是因为别人没有足够强硬的论据能够说服他。我研究阜昌石刻《禹迹图》，指出内藤湖南先生因没有看懂《新唐书》句读而错误地把贾耽的《海内华夷图》理解成为双色套印地

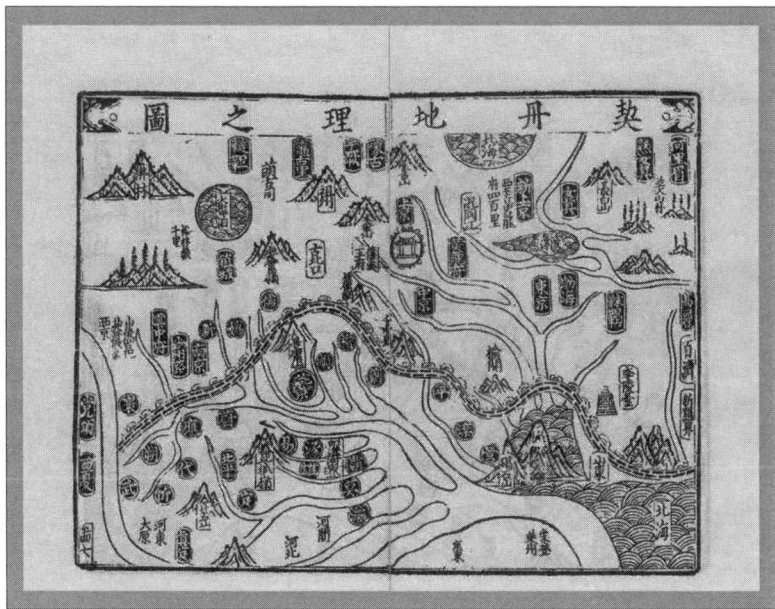

《中华再造善本》丛书影印元建阳书坊刻本《契丹国志》中的《契丹地理之图》

图，并将其视作后世朱墨对照古今地理图的鼻祖。浦江初读，以为奇谈怪论，当众责问我说，以内藤湖南先生学养之深，岂能不辨这样简单的句读？待仔细审辨之后，则又恳切认同拙见，赞许我的文章论证广博深入，诚属难得。

我从社科院历史所转入北大历史系工作，签订的合同，是担任历史地理学和历史文献学两个学科的"带头人"（这种名堂当然十分荒唐）。浦江当时是系副主任，负责教学。我请示浦江开什么课好，他不假思索地说，先开版本目录学。我知道浦江以《四库全书》为中心，对目录学花过很大功夫，本来他可以自己来讲相关史料学的课程，却不挟任何私心，把这样重要的基础课来让我上，着实很受感动。

浦江患病住院后，我去看望过他两次。病房闲谈间我提到，最近着手整理历史系收藏的晚清珍稀史料，其中有一部分是用满文书写，要是能够像他研治契丹文字一样学懂满文就好了，可惜我无此能力，只好特地招收一名学生。浦江很诚恳地说，他和现在很多学者一样，只能在很小领域内做一名专家，做不到像我那样在古代史诸多方面和清朝学者对话。浦江对我的印象，当然只是对朋友的期望，并不符合实际，而对他自己学术局限的认识（这更多地是我们这一代人共同的历史烙印，在我身上，更深、更重），却发自内心，坦诚而自然，如鉴中清水。

浦江走了，但留给我的理解，留给我的鼓励，仍时时温暖我的心，让我对学术付出更多一分努力，做出更多一分坚持。

2015年2月23日记

关于所谓"新五代史"的书名问题

北宋时人欧阳脩所撰载录五代十国史事的纪传体史书，文忠公定稿之初，就在神智还很清醒的情况下，将其命名为《五代史记》。过去，这是稍习中国史籍者，尽人皆知的事情，因为直到明南监本，所有的刻本，题名无不如此。虽然从明北监本开始，妄改书名为《五代史》，汲古阁本和清武英殿本等承之，但直到1974年12月以前，人世间印行的所有版本，其正式名称都是或题作《五代史记》，或题作《五代史》（明汲古阁本和北监本妄改书名之后，清代即使是覆刻古本之外

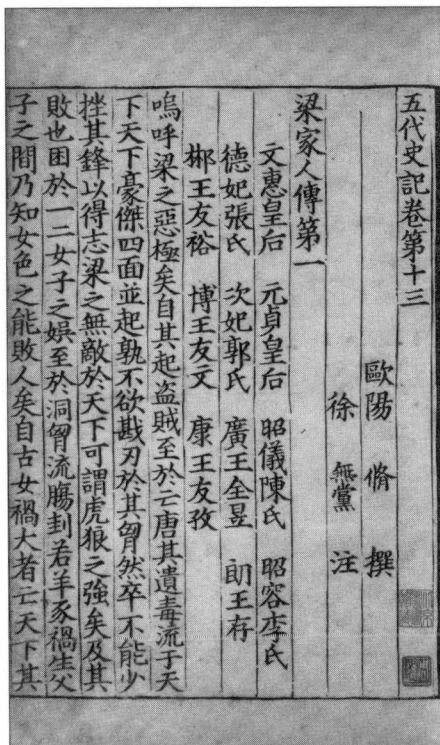

国家图书馆藏宋刻本《五代史记》

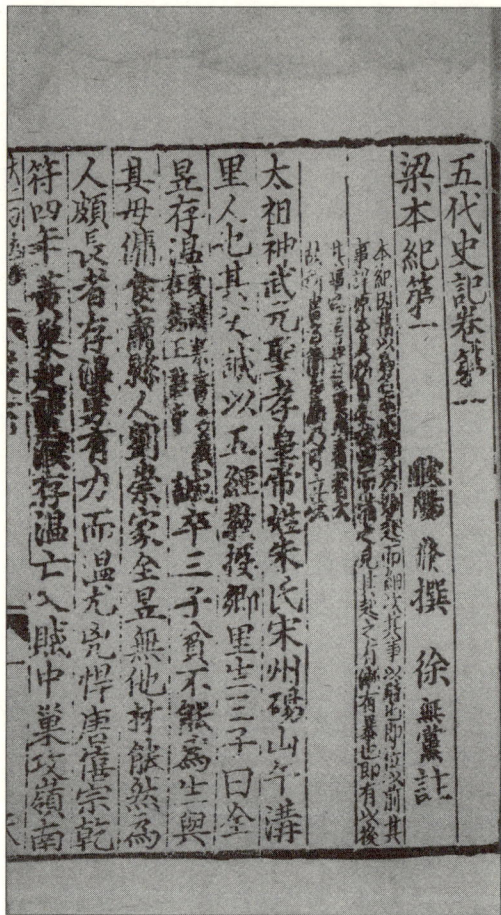

浙江图书馆藏宋刻元明递修本《五代史记》

的普通刻本，仍有题作《五代史记》者，如清乾隆十一年裔孙欧阳徽柔的刻本，就是如此），并不存在《新五代史》一书。那么，在1974年12月发生了什么重大历史变故，以致完全改变了这一"正史"的名称呢？没有什么大不了的事情，是列在中华书局点校本《二十四史》中的这一部书出版发行了。

如果一定要看一下当时的历史环境的话，我们都知道，中华书局出版此书的时候，还是"四人帮"那伙人当道横行的日子，而两《唐书》、两《五代史》又都钦点定在"四人帮"的老巢上海，是不是学术界同仁都能够对此充分表述自己的意见？这是一个引人思索的问题。我也曾经听中华书局直接参与相关点校工作的老编辑，以及花费很大力气一一核对过不同版本的周绍良先生，亲口讲述过当年的混乱情况。

时移世易，改革开放以来的新一代历史学者，大多都是读中华书局点校本长大的。常语云"积非成是"，以致许多人并不留意，此书本来是叫什么名称；即使偶然翻检一下出版前言，知道它出生时候不叫这个名字，也会充分相信堂堂中华书局的权威性，服膺改名换姓的合理性。

南京图书馆藏宋刻元明递修本《五代史记》

1974年中华书局点校本的《出版前言》，开篇即谓：

> 《新五代史》，宋欧阳修撰，原名《五代史记》，后世为区别

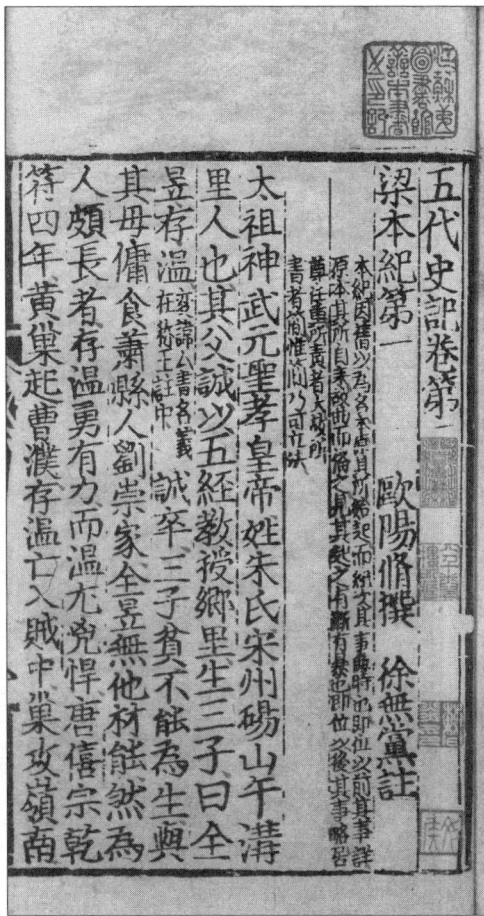

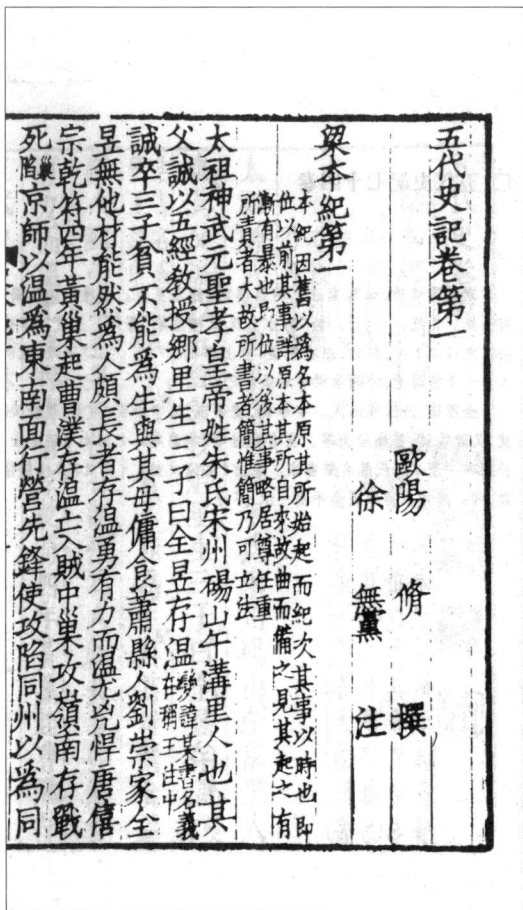

清宣统三年刘世珩玉海堂覆刻宋本《五代史记》

于薛居正等官修的《旧五代史》，称为《新五代史》。

从实质内容上看，这话虽然说得不错，但行文过简，容易让初学者产生很大误会。实际情况是，薛居正领衔修的书，名为《五代史》，而欧阳脩（《出版前言》书作"欧阳修"者乃误）自己写的书，叫做《五代史记》，傻子都能看出其间的区别，本来不存在相互混淆的问题（北监本等妄改《五代史记》为《五代史》，是因为薛居正主持修撰的《五代史》，从明代中期起，即已失传于世，今本是清乾隆年间始由《永乐大典》等书中抄录出来的辑本，因而

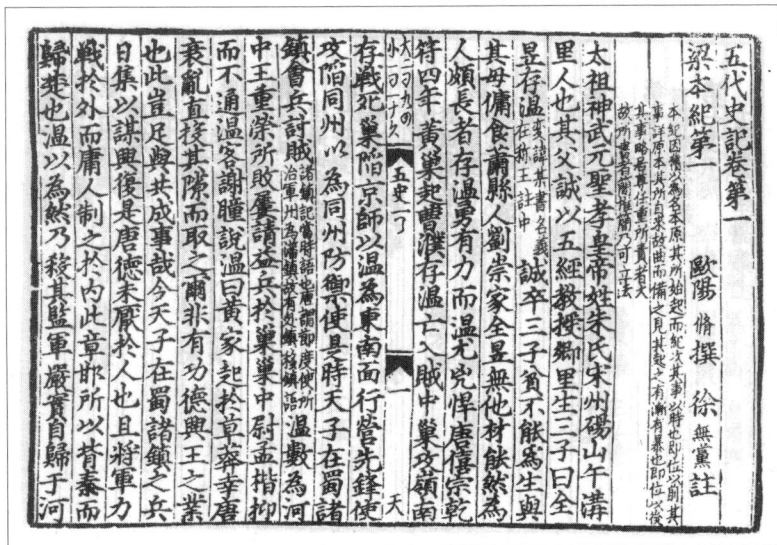

百衲本影印所谓宋宁宗庆元年间刻本《五代史记》

在当时也不会发生相互混淆的问题。《四库全书总目》虽误记欧阳脩此书本名为《新五代史记》，但针对《四库全书》实际写录的书名《五代史》，亦特别说明，"世称《五代史》者，省其文也"，正确指出了《五代史》这一书名的来由）。简单地说，因其所记述的朝代，都是五代，故后人为行文或是说话方便，就统统将其称作"五代史"。具体来说，当然还是要有所区别，于是，前面修得早的，叫"旧五代史"；修得晚的，便被称作"新五代史"。亦即和所谓"旧五代史"一样，"新五代史"，只是一种俗称，人们抄写或是刊印此书，当然应该依照其本名，题作《五代史记》。

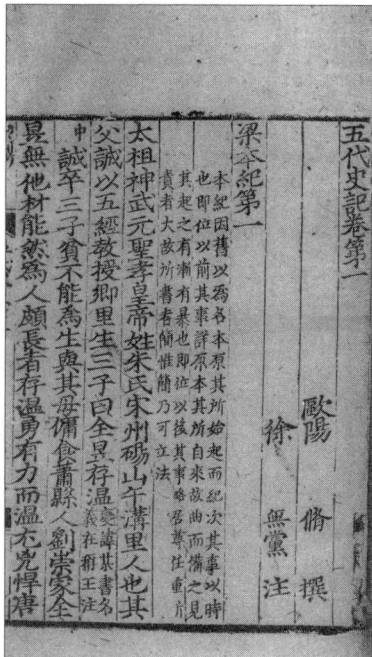

国家图书馆藏元宗文书院刻明修本
《五代史记》

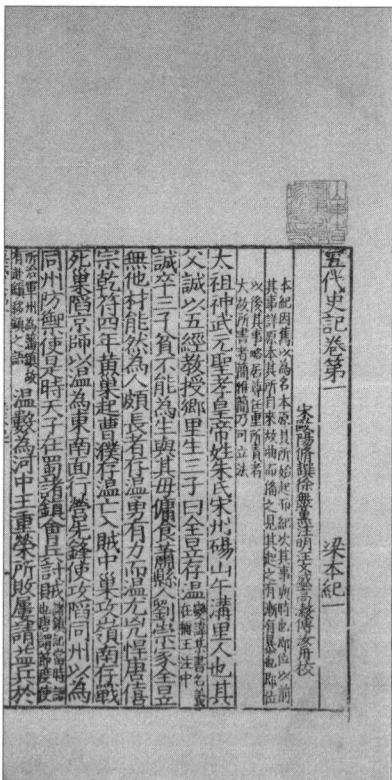

山东省图书馆藏明嘉靖汪文盛等
刻本《五代史记》

古代典籍，像这样的情况有很多。其最为昭著者，像同为正史的所谓《三国志》，它的本名是叫《国志》。对于早期写本和宋元刻本来说，写录或刊刻时，只能采用其本名。《国志》的题名，被改作《三国志》，是明朝万历年间的事情。明北监本擅改《五代史记》为《五代史》，同样发生在这一时期。历史是发展的，并不是

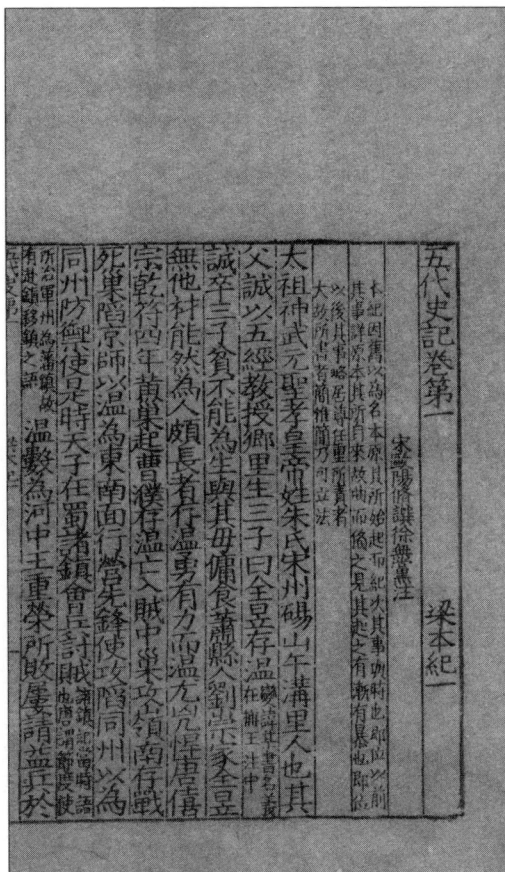

中山大学图书馆藏明万历四至五年间南京国子监刻本《五代史记》

后人做的事，就一定逊于前人，然而，在擅自妄改古人书名这一点上，至少清末民初人叶德辉是很不以为然的，乃至竟以"明人刻书而书亡"这样激烈的词语相斥责。我读书少，但在就古代典籍的了解而言，我是服膺叶德辉的，他读的书很多，所说的话，应该比上

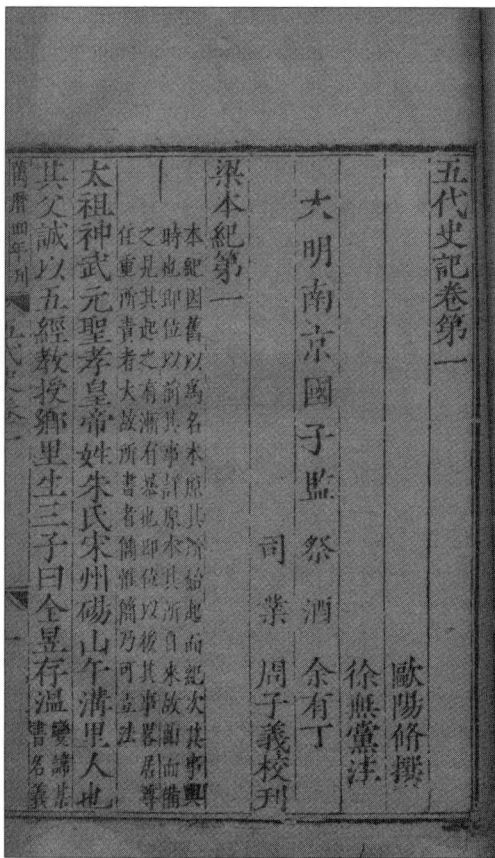

吉林大学图书馆藏明嘉靖刻本《五代史记》

海点校书的人和中华书局的专家领导要更有权威性。

像《三国志》与《国志》的称谓，虽然我也极力主张恢复本名，但从明朝万历年间以来，相沿日久，究竟怎样处理更为妥当，还可以多征求专家意见，慎重考虑。但《新五代史》一名，至今行用不过五十年时间，若有机会重新整理或是修订此书，及时恢复其本名，在我看来，是天经地义的事情。具体的处理办法，甚至可以在封皮仍然印上"新五代史"一名，但书中每一卷卷端的题名，则改回为"五代史记"（《国志》可以同样处理，新、旧《唐书》和所谓《旧五代史》也应该采用同样的方式来处理）。

或许有人要问，叫什么名称不行，这重要么？说不重要，当然也不重要。你看监狱里的犯人，统统编个号码，确实也都能活，但用自己本来的姓名活着，和以一个号码存活于世，不仅感觉大不相同，存活的状态也天差地别。大多数人实在不喜欢被人叫号码，估计欧阳修也不会喜欢。

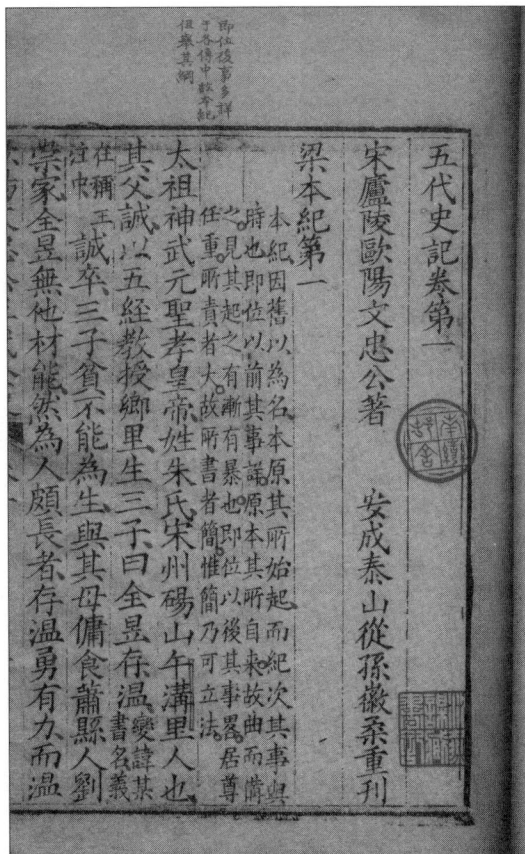

清乾隆十一年欧阳文忠公裔孙徽柔刊本《五代史记》

再说，既然花费很大精力，耗费诸多财力，组织批量的人力，穷尽海内外各种版本，力图勘定一部最符合作者原貌，同时也是最为精善的版本，那为什么在最为惹眼，同时最为重要的书名这一点上偏偏要依从后人妄改的名称？对于像我这样低下的智力来说，这真是百思不得其解的事情。

名从主人，本来是基本的社会规则，印行古籍，更应如此。然而在当今之世，奇怪的例证，却比比皆是。像岛田翰的《古文旧书考》，多雅的书名，又是多么契合其内容，国家图书馆出版社印行此书，上来就大喇喇给改成了《汉籍善本考》，还振振有词地说什么，这是为了"显明作者撰著宗旨，并便于循名责实之读者索阅"，真让人哭笑不得。

从更深一层看，每一个书名，都带有特定时代的文化烙印，蕴涵着很丰富的历史信息，你给改了，这些信息也就泯灭了。至少对欧阳文忠公编修的这部书来说，还真的不是叫什么都差不多的问题。众所周知，欧阳脩在这部书中，对他的"书法"，是费了牛劲的。怕别人看不懂，还和门人徐无党商量，借用徐的名义，添加不少注释，阐发其微言大义所在（欧阳氏论著述体裁，以为"为文自注，非作者之法"，说见《集古录》之《唐元稹修桐柏宫碑》跋，故不得不假诸徐氏之名）。因而，对书之大名又岂能马虎？

通观历史大势，我们可以看到，直到元朝官修宋、金、元三史之前，历代纪传体"正史"的体裁与其名称之间，有一项重要的对应关系，即断代为书，通代称史。前者如《汉书》、《后汉书》、《晋书》，后者如《南史》、《北史》以及本来拟定合并行世的梁、陈、北齐、北周、隋之《五代史》。若论其渊源，前者取则于《尚书》之《夏书》、《商书》、《周书》，后者系效法《史记》（拙文《子虚乌有的金刻本〈旧五代史〉》对此有具体论述，收入敝人文集《困学书城》）。但若仔细斟酌起来，《南史》、《北史》以及梁、陈、北齐、北周、隋《五代史》，一则与《史记》的名称并不完全符合，二则"史"字同时又是更大范畴的所有体裁史书的通称，考虑到这一点，就不如用"史记"来替代"史"字要更为合理。我推测，这就是欧阳脩将此书定名为《五代史记》的缘由，并不只是在形式上与薛居正的《五代史》有所区别而已。

2015年8月19日晨记

哪儿来一个欧阳修？

前天，我在微博上发了一篇题为《关于所谓"新五代史"的书名问题》的小文章，文中附带提及，现在通行的中华书局本《新五代史》，把这部书的作者题为"欧阳修"，这恐怕不够妥当。

由于文章内容，出自自己为目录学课程准备的授课教案，对这一用法产生的原因，未做深入查考，只是随便推想，或许出自与简化字相伴随的规范用字法规，因"脩"、"修"语义相通而强行要求用"修"废"脩"。文稿在微博上发出后，稍加思索，觉得情况未必如此。盖所谓简化字被强制推行之后，"脩"字亦未尝废除，而且在编辑出版行业奉为天条的《现代汉语词典》里，"脩"字也还保留着"同'修'"这一语义。所以，当年点校整理《新五代史》的学者，不大可能出于规范汉字使用形式的原因，特地更改该书作者的名字。"欧阳修"这一署名，应当另有因缘。

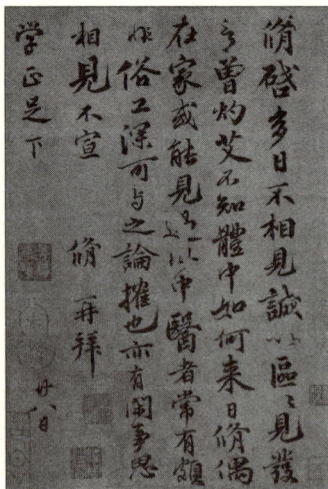

欧阳脩书《灼艾帖》

　　拙文在新浪微博发布后，有幸看到网友@戈庵特地找出欧阳脩自书《灼艾帖》、蔡襄书《昼锦堂记》和苏轼书《醉翁亭记》的图片，亦即举述欧公自署以及同时人转录他本人书写的姓名都是写作"欧阳脩"这一事实，证实欧阳文忠公的名字确实是"脩"而不是"修"。其实同类的实物证据还有很多，譬如欧阳脩自己书写并竖立在他爹坟头的《泷岗阡表》，亦连连自称为"脩"不已。这是写给他亲爹鬼魂看的，更绝对马虎不得。今存日本天理图书馆南宋翻刻周必大等刻本的《欧阳文忠公集》，保存有不少其他各本俱已佚失的欧公书简，其中就有不少书简，明确标明是依据其亲笔书帖转录，而所有欧公自称，也都是写作"脩"字（上海古籍出版社2014年版東英壽考校、洪本健笺注《新见欧阳修九十六篇书简笺注》）。最终修定本文之前，另有人帮助指出，王泗原《古語文例释》和刘德清《欧阳修纪年录》都早已清楚指出过欧阳文忠公自署作"脩"，其名正写，故当如此；又读日本学者小林義廣《歐陽修

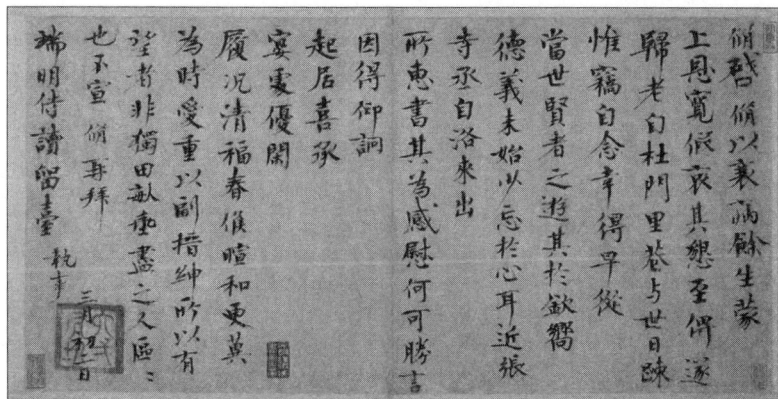

欧阳脩致端明侍读留台执事尺牍

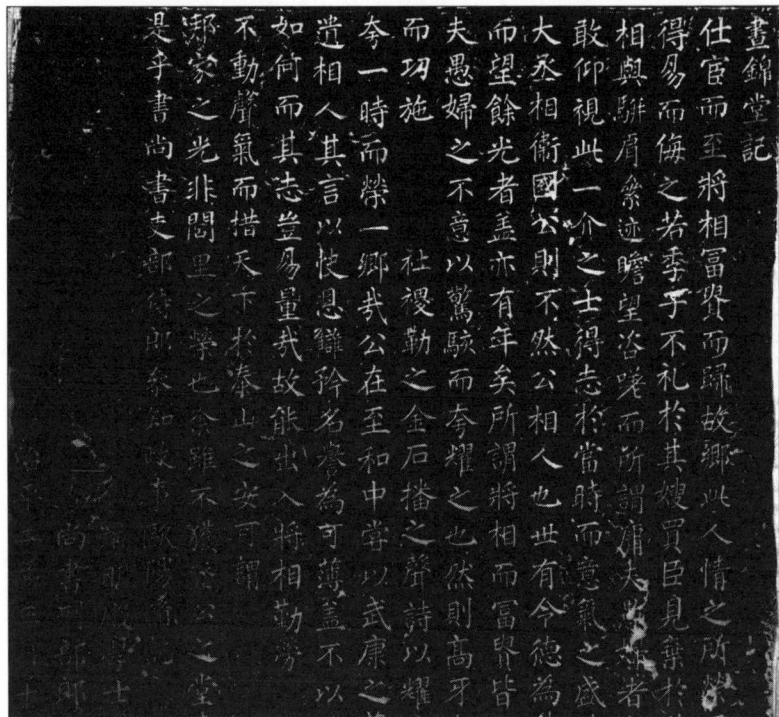

蔡襄书欧阳脩撰《昼锦堂记》拓本（局部）

か歐陽脩か》（刊《东海史学》第31号，1996年）一文，文中亦举述"欧阳脩致端明侍读留台执事尺牍"等文忠公手迹和自称，以证其事。诚可谓铁案如山，足以定谳。

然而，有那么一些人，习惯了本朝通行的"欧阳修"，乍一看到别人指出与他有限的常识相抵触的新东西，就觉得浑身扎得慌，硬是要做出其他的解释，甚至坚持说欧公写自己的名字用字不准确，直到一千年后中华书局出来一拨大学问家，才终于搞对了他的名字。遇到这样的人，总是无可奈何，只能寄希望于未来。也许随

苏轼书欧阳修撰《昼锦堂记》拓本（局部）

欧阳修自书《泷冈阡表》拓本（局部）

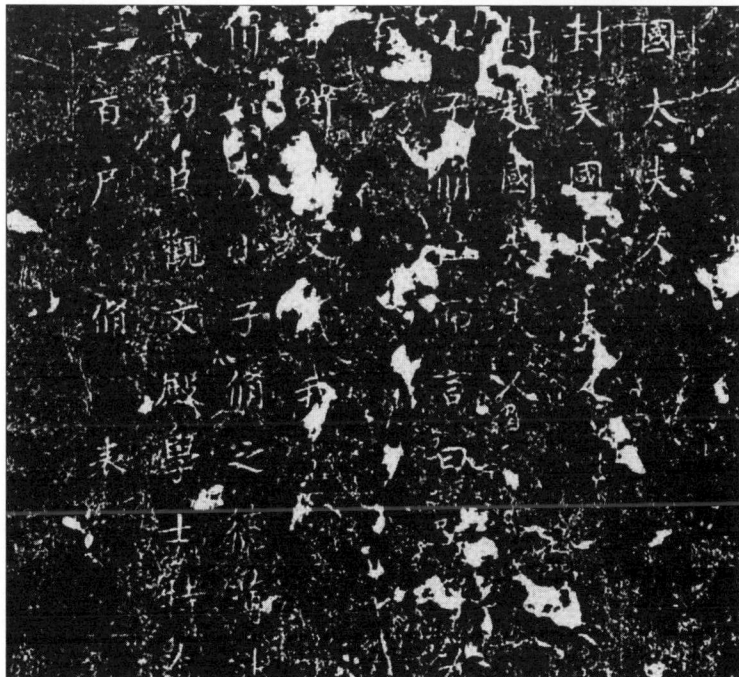

着时间的推移，总有那么一天，所有人都能够理解像这样简单的事情。

当然简单之中也有不那么简单的地方，这就是欧阳先生爹死得早。刚刚四岁，造就他的父亲欧阳观就去世了。古时候幼儿不着急上户口，往往先对付着用小名儿，所以，这名字未必是他爹起的。幸好爹虽死娘还在，娘起的名字，同样具有法律效用，别人也不能想给写成个啥就是啥。在这一点上，古人对女性，并没有歧视性的待遇。

基于这一历史事实，我们看到，不仅欧阳脩自己孝顺，一直用长辈给编排的这个名字，而且在宋朝人给欧阳先生撰著的传记里，也都是把他的名字写作"欧阳脩"（南宋庆元二年周必大刻本《欧阳文忠公文集》附录三《神宗实录本传（墨本）》、《重修实录本传（朱本）》，又《欧阳文忠公集》附录四《神宗旧史本传》、《四朝国史本传》，宋绍熙间眉山程舍人宅刊王称著《东都事略》卷七二《欧阳脩

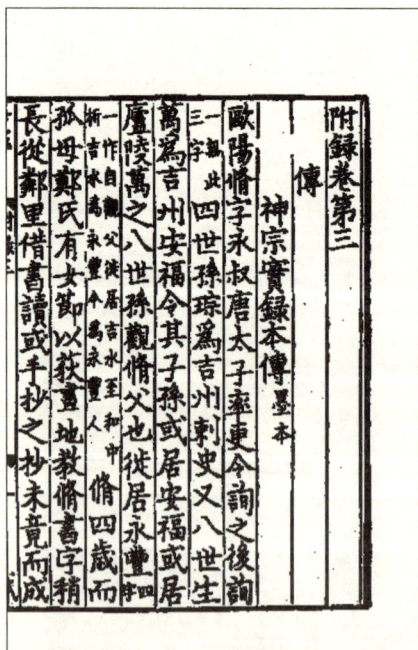

南宋宁宗庆元二年周必大刻《欧阳文忠公集》

传》），这里面也包括质诸天地鬼神的"神道碑"（宋刻元明递修本杜大珪著《新刊名臣碑传琬琰之集》上编卷二四苏辙撰《欧阳文忠公脩神道碑》）等石刻传记文献。

更能说明欧阳文忠公名字正确写法的史料，是刘德清在《欧阳修纪年录》一书中指出的，光绪《费县志》

《中华再造善本》丛书影印国家图书馆藏宋刻元明递修本《新刊名臣碑传琬琰之集》

卷一四上《金石志》上所载《滁州琅邪山醉翁亭记》，其碑阴刻有《参政欧、赵二公谢简》，在永叔先生于仁宗嘉祐七年十一月七日写给费县知县苏唐卿的一通感谢函里，在自称为"脩"的同时，还对其本名的写法，明确提出要求说："'脩'字，望从'月'，虽通用，恐后人疑惑也。"看到欧公本人这么郑重其事的"更正"，

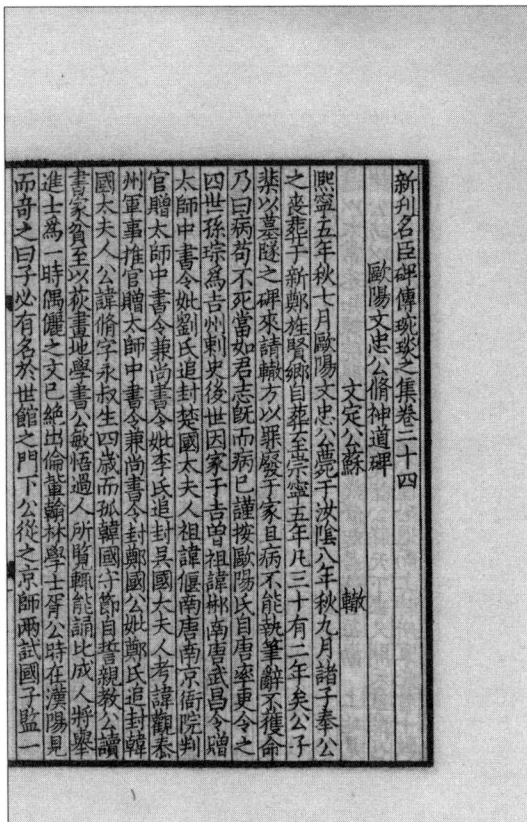

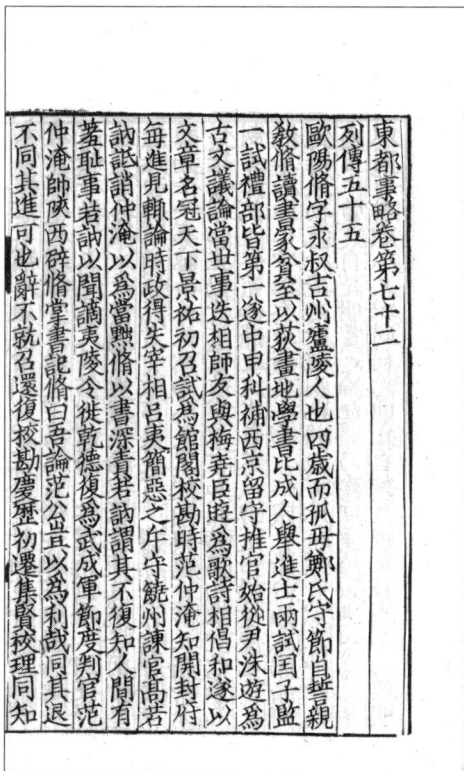

台北所谓国立图书馆之《善本丛刊》影印宋绍熙间
眉山程舍人宅刊《东都事略》

今世之人自宜消除一切疑惑，知悉其本名只能写作"脩"字（令人费解的是，这位撰写《欧阳修纪年录》的刘德清氏，却得出了大不相同的看法。不过这是后话，我将在另外一篇文章中再适当予以辨析）。

古代的朝廷，本来不像我们现在的组织那样自信，所以，君主指令文臣刊刻古书，一般不去更改作者的署名。相对于今天来说，显然是比较尊重作者著作权中之"署名权"的。《五代史记》虽然是由大宋皇帝敕命交由国子监镂版，颁行天下，但从宋代以来的刻本，都是按照欧阳先生自己用惯了的上辈儿给起的名字，题作"欧阳脩"。

这种情况，延续到明朝，却发生了很大变化。大明王朝，尤其是到了明朝后期的人，个性张扬，做事洒脱，读人家写的书嫌累，但觉得改古书很好玩儿，刻书的时候，什么空前未有的事儿都做得出来。当时的大才子钱谦益就为之感叹说："今人好以己意改窜古书，虽贤者不免，可叹也。"（见《续古逸丛书》影印傅增湘藏北宋刻本文中子《中说》附钱谦益跋，文亦收入《牧斋有学集》卷四六）书名可以改，书名可以臆造；作者也可以改，作者名也可以臆造。书里阙了个什么字，想怎么填补就怎么补上。碰上原来的作者脑子不够清楚，文字又写得长了的，还可以帮助加些个小标题什么的构件。一部书可以变成两部，两部书也可以并为一部。生在那个朝代搞出版这个行当，实在是开心得很。只是苦了我们这些生于其后的念书人，不大容易弄明白原书到底是个什么样儿。

不过，苦中也有乐，——很多人可以在这当中找到谋取衣食的事儿做。这就是经过这个朝代人之手的书籍，往往需要花费很大牛劲儿去做校勘，拨乱反正，恢复其本来面目。

《五代史记》和它的作者欧阳脩，就遭遇了这样的事。就我有限的见闻所知，直到明万历四年南京国子监刊刻的《五代史记》，还原样保存着欧阳文忠公的书名和作者名字。万历二十八年，北京国子监重刻《二十一史》，由"暂掌国子监事"的敖文祯主持刊印，当时的印本，书名虽然已经被改成《五代史》，但作者的名字还是"欧阳脩"。

与此相关的是，《唐书》的作者也是一直题作"欧阳脩"，只是在万历三十七年修补重刊南监本《唐书》的个别版片上，才出现把作者姓名改镌为"欧阳修"的情况，但由于这种补修晚印的烂版本来就受人蔑视，如叶德辉在《书林清话》中所云，南监诸史，本多"合宋监及元各路儒学板凑合而成，年久漫漶，则罚诸生补修，以至草率不堪"（《书林清话》卷七"明南监罚款修板之谬"），在社会上并不会产生太大影响。

再往后，到崇祯三年，著名的汲古阁主人毛晋，在其系列正史《十七史》中刻入《欧史》，不知为什么，竟猛然改变作者的名字，署云"欧阳修"。据我所见，这是在单独出版的欧公著作中，首次出现这样的署名（此前一年，亦即崇祯二年汲古阁《十七史》中刊印的《唐书》，还是把欧公的姓名题作"欧阳脩"）。

北监本稍后又出现了一种新的印本，每卷卷首增刻两行题记，记云"皇明朝列大夫国子监祭酒臣吴士元/承德郎司业仍加俸一级臣黄锦等奉旨重修"。这位吴士元出任国子监祭酒是在明思宗崇祯五年（明卢上铭《辟雍纪事》卷一五），黄锦此时亦身任"署监事司业"（明倪元璐《奏牍》卷三），所以，这次北京国子监重刻所谓《五代史》（《五代史记》），就在此时。

吴士元和黄锦新刻的这部北监本，到底比先前敖文祯的刻本又校勘出了什么新花样，似乎从没有人做过比勘；甚至连北监本曾经有过前后不同的两种刊本，陋略如我，也未见有人谈过（约崇祯五年北监再刊本《欧史》，应是在万历二十八年版基础上剜改，不过这一点还需要进一步具体比对来加以落实。又崇祯五年吴士元重新改刻北监正史，并不仅《欧史》一种，我所看到的至少还有《三国志》和《梁书》，是不是对北监《二十一史》的书版都同时做了修整，也还需要日后再做研究）。如潘承弼、顾廷龙同纂《明代版本图录》著录北监本《梁书》，即仅据其书口题署的年岁，称作

"明万历三十三年乙巳北监刊本"，没有顾及崇祯五年才出任国子监祭酒的吴士元主持重修的题名；《中国丛书综录》著录北监本《二十一史》，也没有提及崇祯五年剜改重刻的事情。不过有一点，是一目了然不需要比对考证的，这就是吴士元先生把作者题名之"欧阳脩"改成了"欧阳修"。这或许与毛晋富藏宋元古本而所刻诸史又号称依据古本翻雕有关，即吴士元或许是慑于汲古阁主人的威名，信以为毛家是照录宋元旧本，从而遵从他的做法，改写了作者的名字。然而，我们看到的所有宋元古刻本《五代史记》，题写的都是"欧阳脩"这个名字，并没有"欧阳修"这样的写法。

清初人顾炎武尝指斥北监本《二十一史》"校勘不精，讹舛弥甚，且有不知而妄改者"，荒唐的程度，"适足以彰大学之无人，而贻后来之姗笑"（说见顾氏《日知录》卷一八"监本二十一史"条），清末人莫友芝也有类似评价，称"北监不如南监古雅，唯《三国志》一种精校胜南监"（说见莫氏《郘亭知见传本书目》卷四）。然而，恰恰是这个北监本把陈寿《国志》的书名妄改为《三国志》，严重悖戾了南监本恪遵古本形式的做法。似此擅改欧公大名，亦其劣迹至为昭彰者。又清末民初人叶德辉曾讥讽说："明人刻书而书亡。"这倒好，汲古阁本和北监本《欧史》刊行之后，不仅《五代史记》这部书被弄死掉了，就连作者"欧阳脩"这个人，也给整没了。

接下来的经过，就比较简单了。大清王朝在乾隆年间由武英殿来刊刻《二十四史》，底本多承用北监旧本，司职《欧史》校勘的翰林院编修孙人龙，更明言"臣等奉命编校，悉依监本"（见殿本

《五代史》卷末附校勘诸臣识语）。于是，殿本的《五代史记》，书名便是北监本的《五代史》，作者名也是北监再刻本的"欧阳修"。这殿本欧公书，名义上算是"钦定"的，没人敢轻易说个"不"字，后来还有很多翻刻、石印之本，民国时中华书局印行《四部备要》，用的也是这个武英殿本。于是，被妄改的书名和人名，流通日益广泛。最后，是我们现在最容易看到、流行也更为广泛的中华书局点校本，虽然号称利用过多种宋元以来的刻本做校勘，但书中没有做出任何校勘说明，就把作者的姓名勘定为"欧阳修"。直到今天，谁也不知道这些校勘者改定的道理究竟是什么。对于《五代史记》的作者而言，只能勉强说，是从吴士元胡乱抖动的手指缝中掉出来一个"欧阳修"（案：王泗原《古语文例释》虽然也谈到《五代史记》署名的版刻演变问题，但既过于粗疏而又很不得要领。王书起初是在1988年由上海古籍出版社出版，2014年中华书局又出版了修订本，而中华书局方面，在修订《五代史记》时，对王氏此说似乎未予理睬，这也说明他的看法没有能够让中华书局的主事者信服，或即与其论证颇欠周详有直接关系）。

需要说明的是，并不是北监本以及清代的武英殿本一经朝命颁行，所有的读书人就都俯首帖耳地跟着走。例如，乾隆年间彭元瑞注《五代史记》，书名题"五代史记"、作者名署"欧阳脩"，就都一如旧式。天下终有明眼人在，朝廷乃至皇帝老子的权威也遮盖不住。

2015年8月21日凌晨记

由所谓《新五代史》的名称论及新印《二十四史》的题名形式问题

前此我撰写《关于所谓"新五代史"的书名问题》一文，谓今天重新整理出版古籍，对欧阳脩撰著的《五代史记》，不宜径行采用后世俗称而题作《新五代史》。这从表面上看起来，好像只是一个个别问题，实际上涉及古籍整理的一些通例。因此，在这里再稍予叙说。

传世古籍，题写书名和作者，最重要的位置，是每一卷书的卷端题名。古书上其他的位置的题名，主要是所谓"内封面"，也就是打开书衣之后，最先看到的专门题写书名、作者以及书籍刊刻时间、刻书主人等内容的那一个页面。但内封面在古书中出现很晚，大致至明万历年间，始普遍应用；而且即使是在明万历年间以后，写书的人往往也只是在稿子上定下自己书的名称，不一定在意内封面的刻法。正因为内封面上的文字与原书内容大多并非同生共祖，故往往有很大随意性。就书名而言，即时或稍有变易，或是采用非正式的俗称通名。较此更为随意的题名之处，还有书衣、书函上的签条和卷首的目次。早期古籍，本来就没有目次，今所见目录，俱属后人添加，其随意而为，自属意中之事；即使是后来作者自己编定的目次，目次上题写的书名，有时也不如正文卷端所书者郑重。

而书衣、书函上的签条，随意性更为强烈，往往还多任由藏书者题署，张三的藏书与李四的藏书，题名互有出入，更是很普遍的事情。

正因为早期写本和刻本中的卷端题名都非常严谨，一般不会改动作者原定的形式，赖此可以获取很多重要的信息。例如，正史中《三国志》本名《国志》，就一直保留在明代万历年间以前的所有古代版本中。

卷端题名，在古书当中如此重要，可是，很诡异的是，晚近以来重新排印出版古籍，在花费很大力气校勘订正正文内容的同时，却往往对卷端题名的形式做出很多自以为是的改动，略不顾恤其固有的面貌。具体处理的办法，虽然多种多样，有的仅略去原书作者的职衔、籍贯之类，有的在正文每一卷的卷端，一律略去作者的姓名，仅保留原来的书名和卷次，最厉害的甚至重新改用一个全新的题名，如中华书局以前出版的《新五代史》就是如此，很少能够依据底本原样，完整地保留原有的构成和形态。

当然，在实际的阅读、使用过程中，对某些典籍往往会出现通俗的称呼。像陈寿的《国志》被称作"三国志"，就由来甚久；欧阳脩的《五代史记》被称作"新五代史"，也已经有很长一段时间。对这种习惯，也不能不适当予以关照。事实上，南北朝时期的两部《齐书》，宋人一同版刻行世的时候，就早已被分别镌作《南齐书》和《北齐书》。但这种径行改变古书原貌的做法，并不可取；至少我们今天整理出版古籍，还是要把保持古书原貌，作为第一要义和根本原则。

那么，是不是我们就一定要毫无变通地对待古籍流通过程中所出现的种种复杂情况呢？像宋人分别改题南、北两部《齐书》为《南齐书》和《北齐书》，就显然是在同时刊印两部书时，为有所区别，不得已而为之。我们若是把眼光稍微放远一点儿，看民国时期著名出版家张元济先生主持印制的百衲本《二十四史》，或许能够得到有益的启示。

宋廷命欧阳脩、宋祁主持，官修唐代纪传体

明嘉靖年间闻人诠刻刘昫纂《唐书》（《旧唐书》）

史书，采用的书名，和五代时期刘昫领衔修撰的史书完全相同，都叫《唐书》。这是想要取而代之，把刘昫的旧著驱离于世，欧阳脩撰《五代史记》，在刘昫的本传中，绝口不提此事，就是想要在历史记载中将其灭除干净。令我们这些历史研究者感到庆幸的是，欧阳脩的盘算，并没有得逞，刘昫的《唐书》还是首尾完整地传了下来。不过，由于宋廷官修《唐书》的盛行，明嘉靖时人闻人诠重刻此书，所撰写的刻书序文，就是题作《刻旧唐书叙》，没有用本名

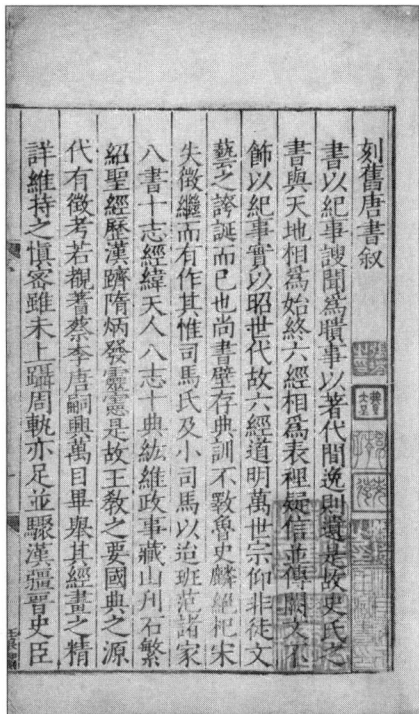

称呼此书，而是写作"旧唐书"，以示与欧阳修、宋祁书的区别。
但闻人诠实际刻书时，却一依原本，在每卷书的卷端，还是只题作
《唐书》，绝不更改原书旧貌。印行百衲本《二十四史》的时候，
为区别这两部《唐书》，张元济采取的办法，是在内封面和书衣等
处，把刘昫书的书名印上"旧唐书"的字样，宋官修书印上"新唐
书"的字样，但内文分别是影印的宋刻本和闻人诠本，当然依旧都
是"唐书"。道理，是前面讲过的，书衣上的签条乃至内封面等，
都是后生的，本疏离于原书之外，前人即在此等地方，时有变通。
百衲本《二十四史》中两《五代史》的情况，与此有所不同。薛居
正书用的是嘉业堂刻本，底本就已被镌作《旧五代史》，于是，张

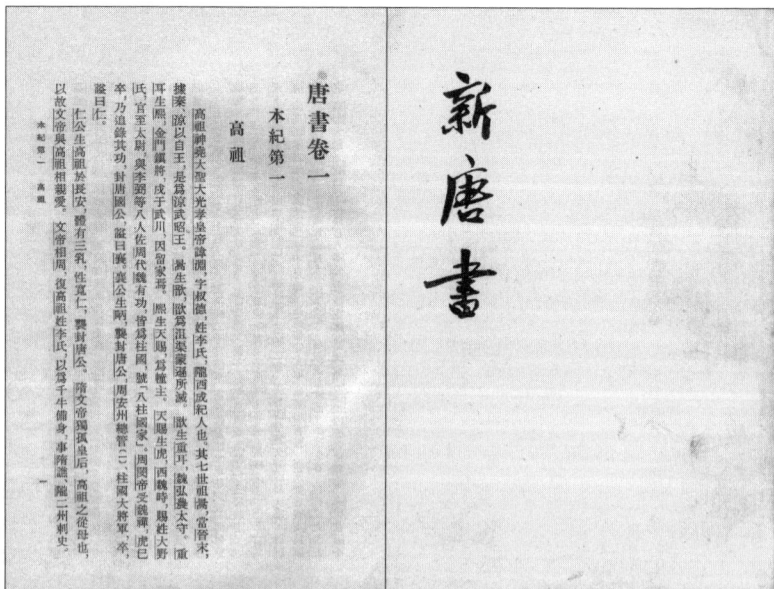

中华书局点校本欧阳修、宋祁纂《唐书》(《新唐书》)

元济便依从其实，在签条等处仍冠以"旧"字；欧阳脩书用宋庆元刊本，其《五代史记》一名本与《薛史》有明显的区别，故亦从实题书《五代史记》，根本没有理会世俗习用的"新五代史"一名。

今天我们在重新校勘排印古籍的时候，若是能够完整保留旧本固有的卷端（其实还应该包括卷末）题名形式，就可以借鉴这样的做法，妥善地解决照顾习惯用法与保留古籍原貌之间的矛盾。如欧阳脩《五代史记》，在新印洋装本的封皮上，可依从社会习惯，题作"新五代史"，而内文则保持文忠公原书形态，印为"五代史记"。其实中华书局点校本《二十四史》中有些书籍，本来就这样做过。这就是在《新唐书》的封面和书口上，印的是"新唐书"，

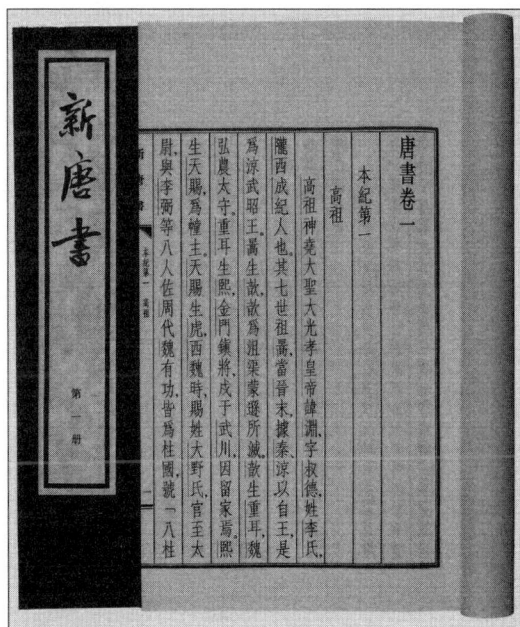

中华书局大字线装本欧
阳脩、宋祁纂《唐书》
（《新唐书》）

内文每一卷的卷端，却都是欧阳脩、宋祁原来的书名——"唐书"。真心希望这种好的做法，能够得到进一步推广（至于南、北两部《齐书》，由于传世早期刻本，即已改题为《南齐书》和《北齐书》，情况比较复杂，需要慎重考虑究竟如何处理）。

2015年8月22日晨记

从《四库全书总目》的著录看清人对《欧史》本名的隔膜

明北监本《二十一史》刊行之后，在社会上的影响，远远大于此前南京国子监的刻本。其标志之一，是汲古阁主人毛氏，在崇祯年间刊刻《十七史》，虽然号称是以宋刊元椠作底本，但至少在书名乃至题名形式这一点上，却往往置古刻旧本于不顾，径行依循本朝北监刚刚印行的新本。如把陈寿《国志》的书名改刻为《三国志》，就是如此。同样，北监本把欧阳修的《五代史记》改题作《五代史》，崇祯三年之汲古阁本也是依样画葫芦（汲古阁本在全书卷首另纸开列的书名和各部分卷次，尚题作"五代史记"，部分保存有本来的书名）。值得注意的是，毛晋一家所在的常熟，离南京城很近，而明朝南京国子监刊刻这两部书，都是遵用其本来的名称，镌作《国志》和《五代史记》。然而，皇宫毕竟坐落在北京城里，北京国子监的地位，自是优于南监。所以，汲古阁所刻诸史，才会从北而不从南。此外，明朝末年，还刻有一个杨慎评阅的《欧史》，也像北监本一样，是题作《五代史》。

在北监本和汲古阁本这两大正史版刻系列的影响下，清朝武英殿刊刻的《二十四史》，同样多因承这一系统，把《国志》题作《三国志》，把《五代史记》题作《五代史》。大清朝新印的这套

《二十四史》，名义上算是乾隆皇帝钦定，权威性较前朝的北京国子监本还要高出很多，从而也更为流行。

殿本《二十四史》中所谓《五代史》，梓行于乾隆初年，到乾隆中期纂修《四库全书》的时候，此一《五代史》印本，也已经流行三十多年了。在北监本和汲古阁本广泛流通多年的基础上，再叠加上这种殿本的权威和影响，很多士人对《欧史》本来的名称，难免会产生越来越大的隔膜。

欧阳脩的《五代史记》经朝廷大力推崇，颁行于世之后，北宋初年薛居正领衔修撰的《五代史》，逐渐湮没。至明代中期，原书即已失传。乾隆中期，四库开馆，从《永乐大典》中广事搜罗遗逸旧典，始重新辑录成书。在写入《四库全书》的同时，亦交由武英殿开版雕印，所谓《二十四史》，方克告成。

惟武英殿本《薛史》刻成于乾隆四十九年，而如前文所述，乾隆初叶武英殿刊刻诸史，因其承用明北监本妄改的书名，已经把《欧史》误题作原属于《薛史》的名称——《五代史》；《四库全书》写录的《欧史》，同样是以《五代史》作为书名。不管是《二十四史》，还是《四库全书》，同一部丛书中，收录这样重要的两部典籍，书名完全相同，总不太方便；再说两相并列，愈加彰显其把《欧史》题作《五代史》的荒谬。

可是，这"钦定"的尊严，在什么时候，都不能轻易放下；况且乾隆皇帝在残酷整肃读书人的同时，又忘乎所以，诚心实意地要与文人学士比高低。在这种情况下，无论如何也是要把面子维护到底的。就像人说了第一个谎话之后，只能再另编一个新的谎话来圆旧谎一样，死要面子的办法，只有一个，这就是清帝和朝臣们只能一错再错，接着来改易《薛史》的名称。具体的做法，就是将其改作《旧五代史》。

当时，奉旨纂修诸臣编造的理由，是"薛居正等《五代史》一书，宋开宝中奉诏撰述，在欧阳修《五代史》之前。……司马光《通鉴》多采用之。当时称为《旧五代史》，与欧阳修之本并行"，所以，"拟仍昔时之称，标为《旧五代史》，俾附《二十三史》之列，以垂久远"（文渊阁《四库全书》本《旧五代史》卷首附馆臣奏章）。但这种鬼话，只能自欺，实在难以欺人欺世。稍微读过几本书的人，谁不知道，所谓《旧五代史》，只是一种相对于《欧史》的俗称。

武英殿本和《四库全书》本《薛史》，在每一卷的开端，都一本正经地题写：

旧五代史卷某
宋门下侍郎参知政事监修国史薛居正等撰

俨若昏了头的薛居正统领着一帮白痴，明明刚写了本新书，却要题作旧史。即以欧阳脩《唐书》与刘昫的《唐书》被清廷分别题作《唐书》与《旧唐书》的所谓"成例"，也不能简单类比。盖殿本《二十四史》和《四库全书》的做法，虽然并不可取，但两《唐书》书名毕竟完全相同，自有不得已者，而《薛史》本名《五代史》，《欧史》本名《五代史记》，二者区别显然，若非"钦定"

的殿本承用明北监本的谬误，改《五代史记》为《五代史》，何以会弄出这样荒诞的事情？不知道是不是因为心虚，糊弄不住世人，弘历自己又写了一首七言长律，以代序文，题目就叫《御制题旧五代史八韵》，这下就谁也不敢再有异议了。

身处如此混乱的局面，在前文所述时人对《欧史》本名日渐隔膜的背景下，四库馆中司职编定《四库全书总目》的纪晓岚辈，竟稀里糊涂地选用《新五代史记》这一颇为古怪的名称，来著录《欧史》，文曰：

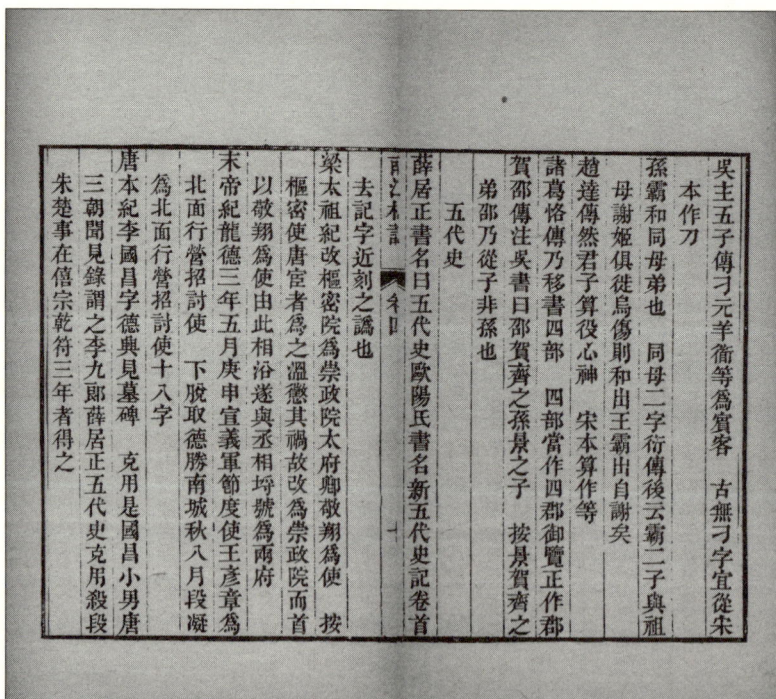

中华书局《清人考订笔记丛刊》影印嘉庆癸亥面水层轩原刻本《南江札记》

《新五代史记》七十五卷。

宋欧阳修撰。本名《新五代史记》，世称《五代史》者，省其文也。

虽然中国古代的图书目录，一向会以非正式的俗称别名来著录典籍。例如，在《隋书·经籍志》中，陈寿的《国志》就被记作《三国志》，何晏等人所著《论语集解》也被记作《集解论语》，《三辅黄图》则被以俗称著录为《黄图》，等等。欧阳脩的《唐书》和《五代史记》，在元朝官修的《宋史·艺文志》中，也被分别记作《新唐书》和《新五代史》。明此通例可知，《四库全书》虽然是以《五代史》的书名，写录《欧史》，《总目》自可使用其他名目来著录此书。

所谓《新五代史记》，虽然自宋元以来，即时或有人偶然称述，个别典籍目录，如《文献通考·经籍考》，也曾以此名目来著录《欧史》（《文献通考》卷一九二《经籍考》一九），但这本来只是一种很随意的别称，绝非其本来的名称。关于这一点，有机会在天禄琳琅藏书中看到过明代未经北监改窜书名之前刻本的乾隆皇帝（见《天禄琳琅书目》卷八），倒是十分清楚，在《御制题旧五代史八韵》一诗的自注里，曾经述云："欧阳修别撰《五代史记》七十五卷。"但由于北监以来汲古阁乃至武英殿版《欧史》的流行，就连辑录《薛史》并且为《欧史》撰述提要初稿的邵晋涵，不知是不是受《文献通考》的影响，起初也曾误以为"欧阳氏书名《新五代史记》，卷首去'记'字，近刻之讹也"（见邵氏《南江

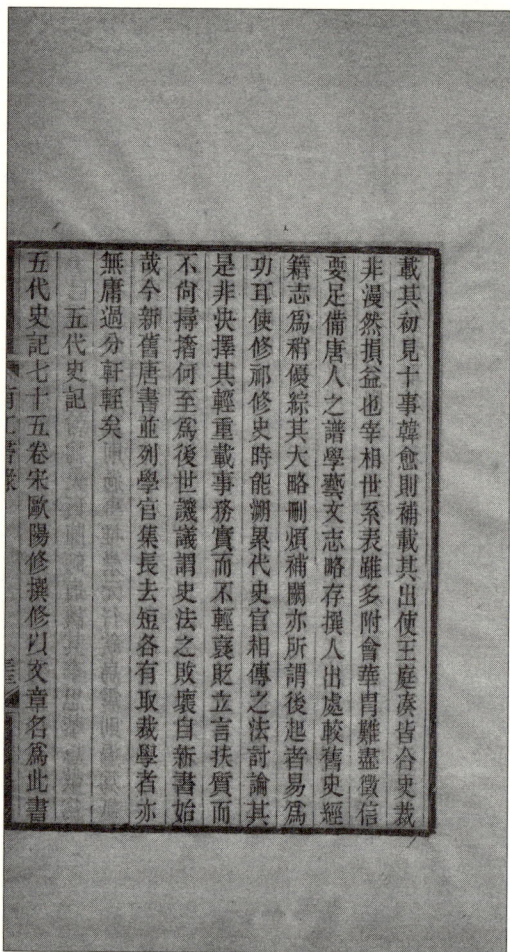

清光绪中贵池刘氏刊《聚学轩丛书》本《南江书录》

札记》卷四"五代史记"条）。但后来在四库馆中起草《欧史》的《提要》稿时，由于专心肆力于此，见闻日广，他已经清楚知悉，《五代史记》才是欧阳脩自己设定的书名（见邵氏《南江书录》）。然而，大多数人毕竟不会像他那样为此花费很大功夫，以致到后来纪昀、陆锡熊等删改写定《总目》时，竟又特地把它改写成了《新五代史记》。溯其渊源，这只能是本自《文献通考》的著录的名称，而柴德赓先生著《史籍举要》，指斥四库馆臣"毫无根据"，所说似不尽妥当。

这一情况，足以清楚地说明，在清代乾隆年间，大多数人对

《欧史》的本名，已经模糊不清。

近人余嘉锡先生和今人李裕民先生订定考辨《四库全书总目》的疏误，都没有提及这一明显问题，或许以为只是《新五代史》的文字衍误，不值得追究。但通过上面的论述，可以看到，在这背后，还有一番需要辨章的学术源流。有鉴于此，我们今天整理古籍，对相关书名问题，更应心存审慎，尽量保持其固有的名称。

2015年8月23日晨记

欧阳脩的文集哪里去了？

前此我写过几篇短文，谈《五代史记》的书名和作者名称问题，鄙意以为日后若有机会重新认真点校整理出版这部书，不宜继续沿用在上个世纪七十年代那个动乱的政治年代里极其错误地改用的《新五代史》一名；同时，也不宜沿用晚明人将该书作者题作"欧阳修"的荒唐做法，理应恢复其本名，即题作"欧阳脩"著"五代史记"。

在明汲古阁本、北监本的崇祯"再刻本"和清武英殿本把《五代史》（《五代史记》）的作者改题作"欧阳修"以及明北监本的崇祯"再刻本"和清武英殿本也把所谓《新唐书》的作者改成"欧阳修"之后，由于读书稍多者为习练古文，都要不同程度地利用欧阳文忠公纂修的这一《史》一《书》，社会上很大一部分人，便循此先入为主，把"欧阳修"视作欧公固有的姓名。

人名一换，原来隶属在你名下的东西，自然要随之易主。对于现代人来说，麻烦的是财产没了，甚至家室也没有了，但这终归不过一生一世之事，弃之也罢。然而对古代的文人来说，麻烦就更大了，关涉到千古名声，辛辛苦苦留下的著述不知会转到何人名下，真比遭遇了天崩地裂的灾难，还让人痛苦难忍。现在，欧阳脩的著作就落入了这样的境地。

文化十三年（清嘉庆二十一年）日本
京都书肆刻《六一诗话》

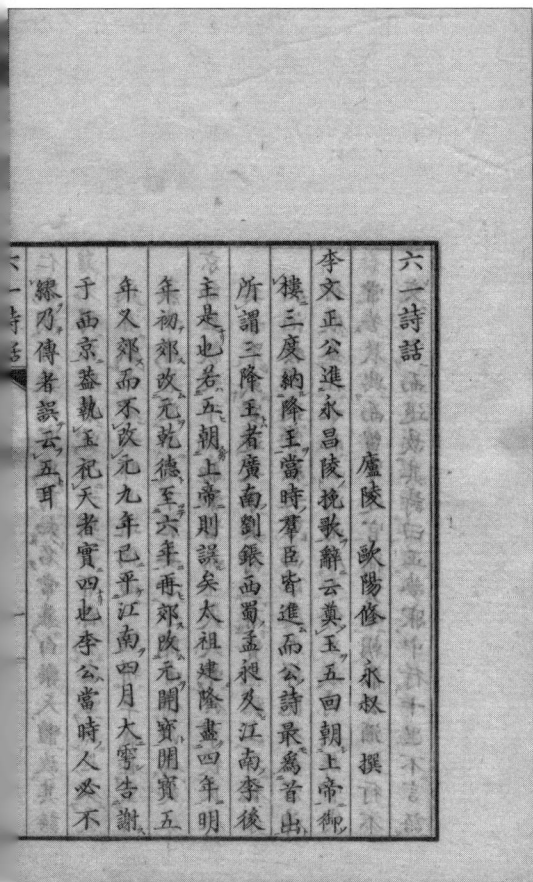

清道光年间瀛塘别墅刻本《毛诗本义》

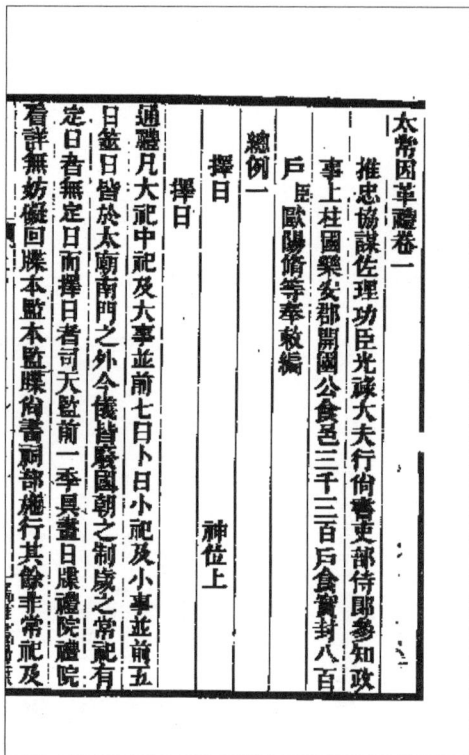

清光绪间刻《广雅书局丛书》本《太常因革礼》

晚明以前，文忠公所有的著作，当然都是题作"欧阳脩"；甚至进入清代中期之后，一些人刊刻其书，尚依旧题写他的本名。例如，道光年间瀛塘别墅刻本《毛诗本义》，就依然题"庐陵欧阳脩著"；又如光绪年间刊刻的《广雅书局丛书》本《太常因革礼》，亦题作"臣欧阳脩等奉敕编"。

但皇帝和朝廷的权威毕竟是强大的，殿本欧公《唐书》和所谓《五代史》（《五代史记》）对读者的影响，广泛而又强烈，清代刊行的很多欧公著述，还是被改题为"欧阳修著"。好在这种改动还不算十分显眼，因为书名远比作者的署名更加吸引读者的目光。然而，对于欧阳脩的文集来说，情况就不大一样了。

古人编纂个人诗文集，不管是自编自定，还是他人后世为之辑录，在大多数情况下，其书名并不采用"姓名+集（或某集）"的

書簡

卷一

與韓忠獻王稚圭　慶曆二年

脩頓首再拜啓仲秋漸涼伏惟觀察太尉尊候動止萬福脩至愚極陋不足以獻思慮於聰明至於脩記以間起居則當大君子憂國之時又非宜輒一作以干視聽是以書廣之禮曠絕一作而逾年然而千里之外威譽之聲日至京師如在耳目可以見作鎮方面憂勤先我撫循之間優有餘裕此脩不勝西首企望拳拳之誠私自爲慰者也伏念脩材薄力弱不堪世用徒能少一無此字以文字之樂爲事而國家久安於無爲儒學之士莫知形容幸今剪除叛先開拓西域紀功耀茲以爲時惟侯凱歌東來函讖瀰執筆吮墨作爲詩頌以述大賢之功業以揚聖宋之威靈雖曰懦焉亦區之鄙志也謹率手啓咨聞伏惟俯賜鑒察謹啓八月日太子中允集賢校理

歐陽脩啓上

又慶曆五年

某頓首啓冬序極寒不審資政諫議尊候動止何若昨者偶趣所下過煩主體自到郡踰月尙稽候問豈勝愧悚某孤拙多累蒙朝廷保全之恩得此郡地俾事簡飲食之物奉視頗便終日尸祿未知論報之方用此不皇爾瞻莝盛府數程之近時得通訊下執謹因請人行附此以道萬一新歲甫邇伏乞爲國自重下情禱泳之至

又同前

某頓首啓近因州吏詣府請絹曾拜手書爲誨伏審履此凝寒台候萬福豈勝慰忭之誠某此藏拙幸今歲淮甸大雪來春二麥有望若人不爲盜而郡素無事何幸如之惟尸祿端居未能報國此爲愧爾瞻望旌榮惟顧爲國自重以副禱頌

世界书局本《欧阳修全集》内文

形式。这是古人做事讲究对人要尊重，而直呼其名，在过去的人看来，与指着人家鼻子相贬责，差相近似，是很不礼貌的。欧阳脩为人处事，都显现出良好的品德，人们对他普遍敬重有加，更不能以这样粗鲁的方式来称呼他的著述（如《薛涛诗》、《唐女郎鱼玄机诗》这样的书名，乃与薛涛和鱼玄机从事的是特种行业有关。又如《唐百家诗》中具体的每一种，题作"某某诗集"，这与通常意义上的书名，实际还有所区别。当然也还有其他一些例外）。从宋代开始编印的欧公文集，往往就都加入他的谥号，题作"文忠集"或"欧阳文忠公集"之类的名称；或是冠以"先生"，称作"欧阳先生文集"等，内文各卷的卷端，通常也不再另行镌入作者的名字。在这种情况下，清代的翻刻本，即使在文中改"脩"为"修"，读者心里明白欧阳先生实际是叫什么名的人，看了也不会太过难受，还能对付着读。

随着民国的肇建，西风东渐，日益增强，世人不再拘于古礼。结果世界书局、中央书店等印行欧阳文忠公文集，就在一身"西装"上，堂而皇之地标记"欧阳修全集"这一签条。好在像这类"书局"，胡乱印书，是其常态，在当时学者的眼中，本无足轻重，而且妄改书名未必也同样妄改内容，像世界书局本的内文，凡遇欧公尊名就仍然印作"脩"字。再说真正有气派的大出版单位，并不这样孟浪。如中华书局，在《四部备要》中印行的欧公诗文集，就是《欧阳文忠集》。比中华书局更有学术权威的商务印书馆，在其王牌产品《四部丛刊》当中，虽然编者受清代殿本《欧书》和《欧史》影响，视作者姓名为"欧阳修"（见《缩本四部丛刊初编书录》），但影印的是元刻本《欧阳文忠公文集》，就连收录在商务印书馆印行的大路读本《国学基本丛书》和《万有文库》中的欧公文集，也是以《欧阳永叔集》作为书名。身处这样的文化环境，对于稍微多读几本古书（其实清武英殿本甚至今中华书局点校本《宋史》的欧公本传，仍沿承古本旧貌，镌作"欧阳脩"，并未像殿本《欧书》、《欧史》那样改刻为"修"字），或是因经见一些宋人碑刻法帖而知晓文忠公自署姓名的人来说，浅学俗儒之妄诞鄙俚，仍可忽而略之。

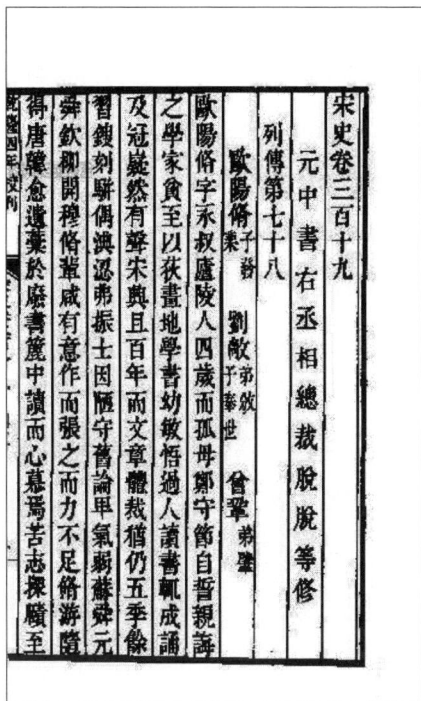

殿本《宋史》之《欧阳脩传》

本朝开国，统一整顿改组各书籍出版单位，结果是组建了两家超一流的古籍专业出版单位，即中华书局和上海古籍出版社。平心而论，除了在影印古刻旧本方面，再也无法企及张元济主持商务印书馆时所达到的高度之外，在点校整理古籍方面的成就，卓越空前。然而权威愈盛，一旦出现差误，造成的消极影响，也就愈加严重。

1949年以后，连伟大领袖毛主席的文集，都直接以姓名入题，书作《毛泽东选集》，腐朽没落封建文人的别集，当然没有理由再奉以谥号或表字以示礼敬（不过，令人倍感意外的是，编印独夫民贼蒋中正的集子，倒是题作《蒋介石文录手迹》之类，一遵古制，以字恭称）。欧阳脩的集子，先是由商务印书馆用《万有文库》的纸型重印了《欧阳永叔集》，虽说这还维持着前朝的旧局面，但只是在重定新版之前不得已的权宜之计。到了本世纪刚刚开头的2001年，中华书局出版了由李逸安重新点校整理的全集本，便径行题作《欧阳修全集》。当然再也不会像世界书局本那样克制，只改书名，不改内文，这个《全集》本内文中"欧阳脩"的"脩"字，统统被强行"改定"为"修"了。费了很大劲儿校改古籍中的讹误，却毫无根据地把作者的名字给改换掉了，真不明白是什么道理。无独有偶，至2009年，上海古籍出版社又出版了《欧阳修诗文集校笺》。

最为令人称奇的是，中华书局本《欧阳修全集》，在全书篇末新增入《补佚》两卷，在其《补佚》二亦即全书第一百五十五卷中，依据光绪《费县志》之《金石志》，列有嘉祐七年十一月七日欧公写给费县知县苏唐卿的一通信函，文中自称，不仅如全书所有诗文一样，统统强行改写底本的"脩"字为"修"，而且竟然有意删去了这通信函后面附加的一段话——这段话要求苏氏在刊刻《醉翁亭记》时，不要误把他的名字写成"修"字。这种做法，实在耐人寻味。

接踵而来的两部文忠公诗文集，迅即成为学术精英和社会大众两方面人士最便捷的读本。以中华书局和上海古籍出版社的无上权威，再看看这两部书是分别收入《中国古典文学基本丛书》和《中国古典文学丛书》这两大系列之中，其通行之广，读者之众，俱可想而知之（再加之《全宋诗》和《全宋文》这两套宋人诗文总集，也都是把欧公的名字改写成"修"字）。这样一来，传统的书名没了，作者的姓名也改没了（请注意，这两部书都是正体竖排本，即使是要硬套所谓"简化字"的规范原则，也是绝对套不进去的）。这样一来，"欧阳脩"其人的集子，真的就要彻底湮没无闻了。

不过，不幸之中也有万幸。这就是中华书局本虽然把书名定作《欧阳修全集》，但封面上题写的签条，却是"欧阳脩全集"。千万别小看这个似乎无足轻重的书签，虽然出版社没有标识，但稍

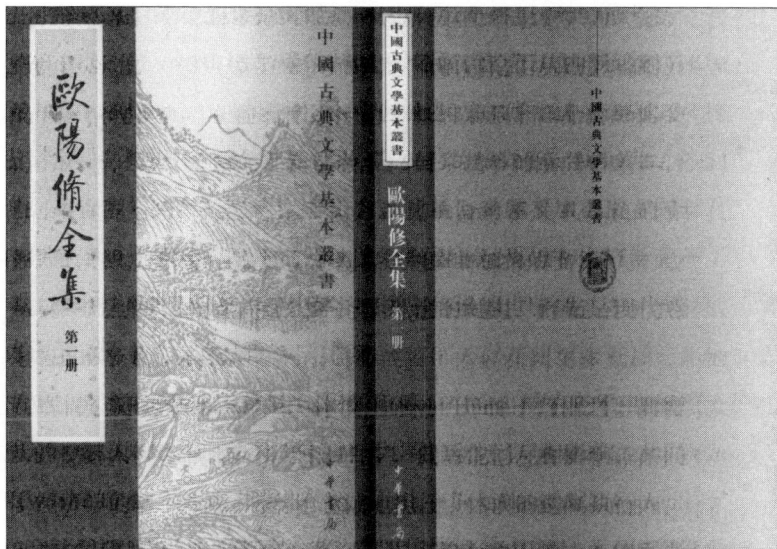

中华书局本《欧阳修全集》书脊上的正式书名和封面题签

知当代书法者都可以看出是出自谁手。或许有人以为，这大概是启功先生按照自己的用字习惯，随手一写而已，未必是有什么不同的看法。至少我不这样认为。元白先生是书法大家，像欧公自署的书帖和同时人写录的欧公自署题名，诸如文忠公自书《灼艾帖》和《泷冈阡表》、蔡襄书《昼锦堂记》、苏轼书《醉翁亭记》等名帖名刻，自久已烂熟于胸，欧、宋《唐书》和《五代史记》的旧本，当然也不会一无所见，再说就连《辞源》这种通行的"俗书"，标记的也还是"欧阳修"这个本名，而自幼所受的教养，绝不会允许他去胡乱书写永叔先生的大名。此前，在1995年，中华书局出版过一套某人编著的《欧阳修资料汇编》，鉴于中华书局的地位和这种专题资料集的性质，对传布"欧阳修"这一讹误，推波助澜，起到很恶劣的作用，但启功先生为该书题写的书名，同样是写作"脩"字。有心的读者，捧着这些封面仔细揣摩，或许还能看出一丝端倪。

那么，启功先生为什么不向中华书局的主事人说明，本不应该把书名定为"欧阳修全集"？内中情况，我无由得知。元白先生即使讲过，也未必有人愿意听从。但我觉得更有可能是根本没有讲，他只是按照自己掌握的知识，正确地给人家写出字来而已。作为大清王朝的龙子龙孙，我想，在看待今天这个世界的时候，他和陈寅恪先生这样的前清尊官重臣后裔，应该是有很多相通之处的。在陈寅恪先生的面前，是没有什么能看得下眼的，启功先生则是看什么都是那么回事儿，何必当真。——同样是混沌得不值一顾。

2015年9月5日晚记

明人刻书，人亦亡之

　　"明人刻书而书亡"，这是清人对前朝版刻书籍的一个总评，见于叶德辉《书林清话》。当然，若以此语评判有明一代，似稍嫌过苛，实际上普遍出现问题的刻本，是晚至嘉靖时期，尤其是隆庆万历年间以后的事情。

　　所谓"明人刻书而书亡"，主要是指明后期人在刻书时，往往擅自更改古书固有的内容和形式。在内容上，比如删节原书，删去古本原来的序文而以自序冠于卷端；在形式上，比如变易书名，颠倒小题、大题之上下位置，改编卷第，添设条目，滥用古体字，等等。种种劣行，层出迭现，以致顾千里指斥云："明中叶以后刻书，无不臆改。"（清陆心源《皕宋楼藏书志》卷六五《子部》之"顾千里校本《广明集》"条）真所谓卤

台北世界书局影印清光绪乙酉长洲蒋氏重刻本《铁桥漫稿》

莽灭裂，殊失旧观，给准确认识古文献和历史，造成了数不清的麻烦。

具体到原书作者的姓名方面，明人刻书，所做更改，主要有如下两种情况：一是"卷首不著名而著字"，阮元《四库未收书提要》卷三"蚁术诗选"条尝有所指摘。二是书贾作伪，为以新奇罕觏博取读者青睐，刻意更改作者姓名。如《书林清话》卷七"明人刻书改换名目之谬"条，称"先少保公《岩下放言》，商维浚刻《稗海》本，改为'郑景望《蒙斋笔谈》'"，就是说把叶梦得撰著的《岩下放言》，改题为郑景望著《蒙斋笔谈》，是在替换书名的同时，也完全更改了作者。

除此之外，当然还有其他一些更易作者姓名的做法。明崇祯三年，著名的汲古阁主人毛晋，在其《十七史》系列中刊入欧阳脩著《五代史记》。在效法明北监本《二十一史》，在各卷卷端都妄自把书名题作"五代史"的同时，还独出心裁，把作者的姓名，书作"欧阳修"。

关于汲古阁刻书之粗疏荒谬，叶德辉在《书林清话》中曾列有专条，予以阐说：

> 明季藏书家，以常熟之毛晋汲古阁为最著。当时遍刻《十三经》、《十七史》、《津逮秘书》、唐宋元人别集，以至《道藏》、词曲，无不搜刻传之。观顾湘《汲古阁板本考》，秘笈琳琅，诚前代所未有矣。……
>
> 然其刻书，不据所藏宋元旧本，校勘亦不甚精，数百年来，传

本虽多，不免贻"俴宋者"之口实。孙从添《藏书纪要》云："毛氏汲古阁《十三经》、《十七史》，校对草率，错误甚多。"又云："毛氏所刻甚繁，好者仅数种。"黄《记》二（德勇案：指黄丕烈《士礼居藏书题跋记》卷二）"元大德本《后汉书》"，载陈鳣跋云："莞圃尝曰：'汲古阁刻书富矣，每见所藏底本极精，曾不一校，反多臆改，殊为恨事。'"又"校本陆游《南唐书》"，载顾涧蘋临陆敕先校钱馨室本云："汲古阁初刻《南唐书》，舛误特甚，此再刻者已多所改正。然如《读书敏求记》所云：卷例俱遵《史》、《汉》体，首行书'某纪、某传卷弟几'，而'注南唐'书于下，今流俗本竟称'南唐书本纪卷弟一、卷二、卷三'，列传亦如之，开卷便见其谬者，尚未改去，其他沿袭旧讹，可知其不少矣。"……又五（德勇案：指黄丕烈《士礼居藏书题跋记》卷五）"宋刻《李群玉集》三卷、《后集》五卷"云："毛刻《李文山集》，迥然不同。曾取宋刻校毛刻，其异不可胜记，且其谬不可胜言，信知宋刻之佳矣。毛刻非出宋本，故以体分，统前后集并为三卷，或以意改之。"略举黄、顾、陈、段诸家所纠，则其刻书之功，非独不能掩过，而且流传谬种，贻误后人。今所刻《十三经》、《十七史》、《说文解字》，传本尤多。浅学者不知，或据其本以重雕，或奉其书为秘笈。昔人谓"明人刻书而书亡"，吾于毛氏不能不为贤者之责备矣。（《书林清话》卷七"明毛晋汲古阁刻书之一"条）

总而言之，其最主要的弊病，是不依据家藏宋刊元椠之佳本而竟妄竟妄从当世俗书，以致造成种种不应有的错误，此《五代史记》书名、作者之误亦然。若谓"欧阳脩"一名之遭窜改，变作"欧阳修"，在重要基本典籍当中，汲古阁刻《五代史》（《五代史记》）诚可谓始作俑者，但要说是"流传谬种，贻误后人"，毛晋这一题名，倒不一定要承担最主要的责任。

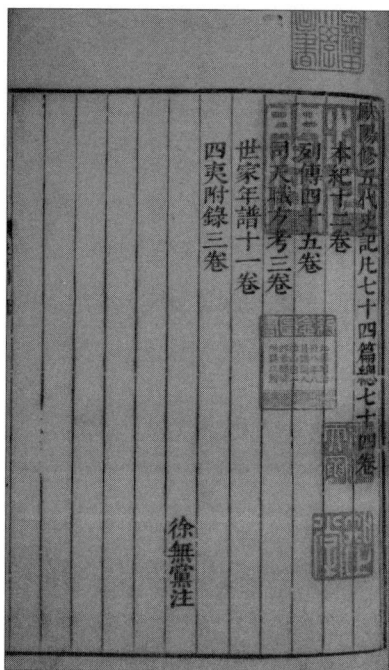

包括《欧史》在内的汲古阁刻《十七史》，在题名形式上，采取了一种非常独特的安排，即不再遵行古制，在各卷卷端题写作者姓名，而是别创一格，于全书之首，另外增刻一页，镌上"某人某书凡若干篇卷"，再分列该书计由本纪、列传、志、表等类各若干卷构成。这一页别纸，其实是在古书原本之外，另添附件。犹如后人在新增加的目录上标记《汉书》为"前汉书"一样，读者往往不会太认真看待。再说它的标记形式，有点儿像写在包装纸上一样，也很不惹人注意，并且很容易脱落不存，后印本甚至还会略而不印，使得它对普通读者的影响力愈加减弱。正因为如此，汲古阁本在这页

明崇祯三年汲古阁刻本《欧史》卷首另页

另纸上标记的书名虽然是"五代史记"，但留给大多数读者更深印象的，却是各卷卷端题写的"五代史"，只有这里才是古书书名的"正位"。

汲古阁本刊行两年之后，北京国子监于崇祯五年，又剜改万历二十八年的旧版，重新刷印《欧史》，这也可以称之为北监"再刻本"《五代史》（《五代史记》）。像汲古阁本一样，这个北监"再刻本"，也把作者的题名，由原来的"欧阳脩"，改刻成了"欧阳修"。同时遭到剜改的欧公题名，还有北监"再刻本"《唐书》（亦即所谓《新唐书》）。

明代主掌朝廷刻书的有南、北两个国子监，都刊印过《二十一史》，而科举考试的策论往往要藉助正史的纪事，国子监刊刻诸史有很广泛的影响。由于南监本《二十一史》在先，北监本居后，也就是说北监诸史是朝廷刚刚重新勘定的正史，故北京国子监刊刻的《二十一史》，在明朝末年本来就具有较强的权威性。清乾隆年间刊刻的武英殿本《二十四史》，承用明北监旧本作为底本，同样沿袭了"欧阳修"这一写法。明清两代情况稍有不同的是，南监本《二十一史》中的两部欧公著述，即《唐书》和《五代史记》，都依旧镌作"脩"字，这显然会抵消一部分北监本的影响；而清代康乾之世，只有一个武英殿负责朝廷的刻书事宜，所以，清武英殿本当然要比明北监本更有权威性。由于殿本《二十四史》是以乾隆皇帝"钦定"的名义颁行的，这下子性质变得更为严重，是非正误，已自定于一尊，以致再有见识的朝臣文士，也不敢轻加议论。行之日久，积非成是，很多人竟把"脩"字看作是"修"的一种异写了。

那么，对后世产生这么严重影响的崇祯北监"再刻本"《欧史》、《欧书》，对待两书作者的题名，何以会特地改"脩"为"修"呢？要是简单地排比事项发生的前后时间序列，此北监"再刻本"显然是受到了汲古阁本的影响。若再把眼光投向更大的范围，还有诸如《唐宋八大家文钞》中的《欧阳文忠公文钞》，有些万历年间的坊刻本，似乎就已经出现了使用"修"字的情况（这里仅就泛览书籍的一般印象而言，《唐宋八大家文钞》的版刻变化复杂，对此还需要进一步核实），但同一版刻之中，或"脩"或"修"的情况，亦且存在，显示出这或许只是把"修"作为一种异写，而未必是有意的更改。这种社会流行趋势，对北监"再刻本"的剜改，或许也会有所影响。但如前所述，汲古阁本这一变易，并没有版本依据，像欧阳文忠公的名字这样世所昭著的事情，何以竟被监本遽然采信？而明末书坊刻书，局面混乱异常，也不至于引得堂堂国子监会很轻易地与之同流。

崇祯五年逐一剜改北监诸史，"再刻"重印，是由当时的国子监祭酒吴士元亲自主持的。明朝人的学问，虽然普遍较差，说他不学无术，也不为过，但既然能够做上国子监祭酒这一席位，总归是要读些书的。然而，世事诡谲。读书不多，一知半解，很容易自以为是，有时反不如一无所知更好。君不见社会运动中狂热地投身极端潮流的人，往往都是这样的"小知识分子"。即以刻书而言，明内府刻本，通常不会刻意改窜古本，就是因为宦侍者自知识字有限，故能谨慎从事使然。

我们不难设想，当吴士元先生看到汲古阁本"欧阳修"这一题名时，首先会对毛晋那满满一庄园的宋元刻本产生敬畏，盲目相信其"必有所据"。可是，不仅万历北监本原来刻作"脩"字，南监本也是这样。吴士元即使不再核对其他古本，也会想到这需要稍事考辨，看看哪一个字更加合理。

文忠公字"永叔"，与这个"永"字的关联，是查考哪一个更为合理的重要着眼点。国子监祭酒吴士元，可能一下子就想到了《尚书·皋陶谟》中皋陶所说"慎厥身修，思永"这句话，以为"永叔"之"永"即取自于此，故欧公的本名，自应为"修"字。两相搭配，允属妥洽。但若是其他早期经史典籍中没有在"永"这一语义上与"修"字相关联的用例，这种想法，才具有一定的合理性，而实际情况并不是这样。

《诗·大雅·文王》有句云："王之荩臣，无念尔祖。无念尔祖，聿脩厥德，永言配命，自求多福。"尽管古今学者都把"脩"字释作"修治"之义（所说未必合理，在这里姑且不去管它），但通过"聿修厥德，永言配命"以"自求多福"却是一义通贯，"脩"、"永"二字相应相承，亦未尝不可据以取字。

更重要的是，即使没有别的典故可依，人家也可以按照自己的想法选择其字，后世之人何苦如此师心自用。清朝嘉庆年间人严可均，曾对"明人刻书而书亡"这一历史现象出现的缘由概括说："明人习气，好作聪明，变乱旧章，是谓刻书而书亡。"（《铁桥漫稿》卷八《书北堂书钞原本后》）陆心源在清朝末年也同样指出："明人刻书，每好妄改以就己。"（陆心源《仪顾堂题跋》卷

——"汪刻唐子西集跋"条）。反过来，从严、陆两人讲述的明人妄改古书这一普遍性现象来看，我们也有理由推测：大明国子监祭酒吴士元先生，同样是犯了自作聪明的毛病。

今天有些看惯了本朝官定词典字书而又只读过中华书局点校本乃至简化字横排白话翻译本《新唐书》、《新五代史》和"欧阳修"诗文集的人，无论你给他讲了多少、看了多少古代的真凭实据，就是觉的用"修"来表示"永"、"长"之义是正宗，用"脩"则属后世挪用假借的旁门。古代文字的本义，是一个看似简单实则极为复杂的问题，很多字的初始涵义到底是什么以及为什么会具有这样的涵义，是很难说清的。探谈欧阳脩的名字这一问题，我们首先须要关注他所生活的那个时代的人是怎样看待相关的文字。

检欧阳脩时通行的宋前期的字书和韵书可见，宋人新订《大广益会玉篇》谓"脩，息流切。脯也，又长也"，又谓"修，胥游切。治也。《书》云'六府三事孔修'。《说文》云'饰也'"。又《广韵》载录"脩"的字义是"脯也，又长也"，而"修"字的语义是："理也，《说文》：饰也。"《集韵》释"脩"："《说文》：脯也，一曰长也。"而"修"义则为"《说文》：饰也。……或通作'脩'"。还有《礼部韵略》叙述的字义，也大致相似："脩，思留切，脯也。《礼》有'服脩'、'肉脩'、'脯脩'。又长也。……修，饰也，理也。"不管是长辈给他预定的字，还是欧阳永叔先生自己选定的字，要是仅仅看了这些通行韵书的解释，而并未引经据典，当其取用与"长"语义相当的"永"来做字的时候，显然更有可能出自"欧阳脩"一名，而不大可能是"欧阳修"。

若是由此再向前追溯，我们还可以看到，正如王泗原《古语文例释》所指出的那样，东汉时人高诱，在注《淮南子》时所撰《叙目》曾经指出，淮南王刘安，"以父讳'长'，故其所书诸'长'字皆曰'脩'"，足见早在西汉中期以前，就很通行以"脩"来表示"长"这一语义，愈可知欧阳文忠公先生取用"永"字与其本名"脩"字匹配是十分合理的事情。

更进一层分析，按照朱骏声《说文通训定声》的解释，"脩"、"修"两字都是从"攸"得声而假借为"镸"之"长也"一义，脩从"肉"而以"脯"为本义，修从"彡"而以文饰为本义，在"长"、"永"这一语义的原初性上，二者之间，并没有先后轻轻之分。又段玉裁《说文解字注》的说法，与朱氏微有不同，乃谓"周秦之文，'攸'训为'长'，其后乃假'脩'为'攸'而训为长矣"。案《史记·秦始皇本纪》载嬴政东巡会稽的刻石，有句云"德惠脩长"，就有别本书作"攸长"，足见二者很早就可以做同义置换。

我想，"国家语言文字工作委员会"那几位专家，恐怕提不出比朱骏声辈更高明的见解；至少提不出来在"长"、"永"这一语义上要以"修"字为正的理由。既然如此，即使是本朝颁定的所谓"简化字"，也没有任何理由规定，在诸如"长"、"永"这样的语义上，只可用"修"而不能用"脩"。再说，至少对于很多像人名、地名这样的专有名词来说，要是不像欧阳脩的名字一样有所谓

"表字"可以参证的话，你怎么查证古人是取自哪一项语义呢？岂不是要专门设立课题组，搞它个"一名一字工程"，来先试着摸摸底看？

对这一问题，在这里还需要花费一些笔墨说明的是，撰著《欧阳修纪年录》的刘德清氏，曾经另外提出一些理由，坚持沿用明末以来误书欧公名字为"修"的用法。《欧阳修纪年录》一开篇就写道：

欧阳修，实名"修"。北宋以来，"脩"与"修"通用，渐趣以"修"代"脩"。

……"脩"乃是谱主名之正写。

光绪版《费县志》卷一四《金石》："修启：辱惠，仍寄示篆文石样（德勇案：指所刻《滁州琅邪山醉翁亭记》碑）。鄙辞何以污巨笔，然（德勇案：刘氏引文脱此'然'字，此据原文增补）遂托字共以传不朽，岂胜其幸也。时寒，为政外多爱。人还，聊此。脩再拜。'脩'字，望从'月'，虽通用，恐后人疑惑也。十一月七日。"……

《欧阳文忠公文集》卷一一二周必大等后跋："今文集多以'修'为'脩'，不敢轻改者，盖当时《集古录》千卷，皆有公之名印，视其篆文，仍从'攸'从'彡'，未尝从'月'。"按：将"欧阳脩"俗写成"欧阳修"，谱主生前业已出现，并渐成趋势，最终为其本人所接受。

在嘉祐七年十一月七日纪事之下，刘氏在引述《费县志》所录欧公书简之后，又写道：

> 欧阳修此书反对苏唐卿（德勇案：苏唐卿是此番写录《醉翁亭记》的费县知县）将其名"脩"从俗写成"修"，但最终还是默认屈从于俗写，连其晚年印章都是以"修"代"脩"。《欧阳文忠公集》卷一一二周必大等后跋云："今文集多以'修'为'脩'，不敢轻改者，盖当时《集古录》千卷，皆有公之名印，视其篆文，仍从'攸'从'彡'，未尝从'月'。"

以上叙述，需要辨正者非一，下面逐项加以解说。

首先，刘氏既已认定"'脩'乃是谱主名之正写"，而且明明知道欧阳修本人反对别人将其名"脩"字从俗写成"修"，就不应该继续沿用"欧阳修"这一所谓"俗写"，非跟欧公为难不可；特别是像《欧阳修纪年录》这样的欧公年谱，并不是写给下里巴人看的"俗书"，书作"欧阳修"，实在是很不严肃的。

其次，"'欧阳脩'俗写成'欧阳修'，谱主生前业已出现"这种话，虽然没有什么直接证据，但就像我们今天很多人都随时会被人写错名字一样，揆诸情理，偶尔出现与欧公本名不同的所谓"俗写"，的确是很可能的。然而，就像我们今天不能因为别人写错你的名字，你就一定要将错就错地改换自己的名字一样（再说想改也改不过来，新改的名字，同样会被人写错），欧阳永叔也不会因为别人乱写一气，就乖乖地跟着改名为"欧阳修"，不仅他自己撰文写信，始终称"脩"，直到离世之后人们为之撰写的墓志铭、神道碑之类，也都依旧写作"欧阳脩"。

与此相关的是，费县《醉翁亭记》初制的"石样"何以会出现误书欧公名字为"修"的情况，还要在这里做一说明。从欧阳脩写的"谢简"中可以看出，执笔写录石刻铭文的费县知县苏唐卿，本是欧阳脩的朋友，没有不知道他大名的道理。之所以会出现将其姓名写作"欧阳修"的情况，并不像刘德清所理解的那样，是一种通常意义上的误书，即"谱主生前业已出现"的书"脩"为"修"的做法。问题出在这位苏知县写的是"篆文"，而一个楷书正字在书写成篆文时究竟应该采用怎样的字形，在当时已经是一个不易清楚掌握的事情，常常出现混乱。正因为这样，北宋徽宗时人张有，才特地撰著《复古编》一书，"以辨俗体之讹"（《四库提要》语）。张氏在书中设有"形声相类"一项，专门罗列因形声相近而容易发生舛讹的字，其中就并列着"修"、"脩"两字。明此可知，欧公当日纠正苏知县的讹误，实际上是针对其篆书用字而言，绝不是当时人已经普遍通行把他的名字改写作"修"字了。

第三，所谓"周必大等后跋"提到的"当时欧公《集古录》千卷，皆有公之名印，视其篆文，仍从'攸'从'彡'，未尝从'月'"，若是果真如此，确实需要郑重考虑欧公之名是否为"修"字，或者在写作"脩"字的同时是否也可以写作"修"字这一问题。日本学者小林義廣的《歐陽修か歐陽脩か》（刊《东海史学》第31号，1996年）一文，即依据周必大等人提到的这一情况，把这一印文视作永叔先生自署为"欧阳修"的坚实证据。

　　然而，周必大等人的看法和所说情况，实际上却不够妥当。不拘古人今人，刻制印章，都不一定要与其日常行用的姓名，写法完全一致，或通转假借，或增减笔画，本来是惯常的做法。就欧阳文忠公所生活的年代而言，如英宗驸马都尉王诜，字晋卿，南宋末年人周密，在所撰《云烟过眼录》卷一和《志雅堂杂钞》卷下记述说，王诜所用鉴赏玺印，虽有作"晋卿珍玩"者，而另一方图章的印文"乃用此一'进'字，盖字通用"，即以"进"代"晋"。明此可知，即使是欧公确有印章镌作"修"字，也并不意味着他正式行用的姓名就可以因之定作"欧阳修"。

　　更进一步分析，还可以看到，周必大等人讲述的情况并不可靠。《集古录》今有部分残稿存世，且如周必大等人所见，确有"公之名印"，但我请北京大学考古系董珊教授和友人王天然帮助辨识，得到的意见，是此字既不是从"月（肉）"的"脩"，也不是从"彡"的"修"，而是"攸"字。盖"攸"字古体中间的竖笔"｜"，在先秦文字中往往写成中间断开的两个短笔，而这两个短笔或者横置，此横置的类型，有时写的比较靠下，即成《集古录》残稿所见欧公印章的形式。明瞭上文所说古人制印可以使用相通之字的特点，欧公此印，显然是以"攸"字通其

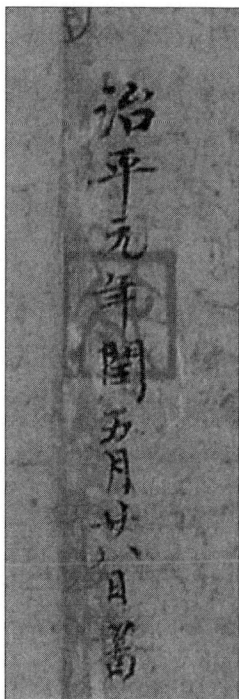

《集古录跋尾》残稿中的欧公印章

本名。

由于"脩"、"修"二字都是从"攸"得声，均可与"攸"字相通，那么，欧阳文忠公在这里是要通假二者当中的哪一个字，还只能核以他本人一贯的写法。现在我们既然清楚知道，欧公所有自署的名字，都是"脩"字，那么，这方印章上"攸"字只能读为"脩"，亦即欧阳文忠公的"攸"字单名印章，所要通假的正是其日常书写的本名"脩"字。

周必大等人对欧公印章的判读，虽然存在差误，但他参考前文所说北宋中期前后实际行用的字书和韵书的情况，清楚指出："《说文》以'修'为'饰'，以'脩'为'脯'，《篇》、《韵》'脩'兼训'长'，故公字'永叔'。"这里所说"《篇》、《韵》"，乃宋人习用语，指《大广益会玉篇》和《广韵》，说见南宋时人章如愚撰《群书考索》前集卷一一诸子百家门。由此可见，在周必大等人看来，文忠公取"永"为字，乃是直接与"脩"对应。换句话来说，就是周必大等人认为，若是从名与字相对应的角度来看欧公本名，那么，必然应该写作"欧阳脩"。

第四，刘德清氏虽然没有明言，但他所说"周必大等后跋"云"今文集多以'修'为'脩'，不敢轻改者"云云，显示出他很有可能是把"今文集多以'修'为'脩'，不敢轻改者"这句话，理解为欧阳文忠公文集收录的文章，显示出欧公本人自称"多以'修'为'脩'"。这是因为刘氏叙述说把"欧阳脩"俗写成"欧阳修"这种情况，"谱主生前业已出现，并渐成趋势，最终为其本人所接受"，又谓欧公虽然反对将其名"脩"从俗写成"修"

字，"但最终还是默认屈从于俗写，连其晚年印章都是以'修'代'脩'"，除了周必大误识的欧公印章和这些话之外，并没有举述任何其他证据作支撑，故只能是以此来证成他的说法。可是，这存在很大问题。

在此需要略加更正的是，刘德清把周必大等人所说上述内容称之为"后跋"（日本学者小林義廣已率先将其称作"跋文"，刘氏很可能是沿用小林氏的说法），这不够妥当。这些话，是南宋宁宗庆元二年周必大等人在校刊《欧阳文忠公集》时，写在每一卷卷末的"校勘记"。宋刻本中一些比较庄重的书籍，往往会带有这样的"附件"。如中华书局影印的宋本《太平寰宇记》，就带有同样的校勘注记。

研究欧阳文忠公的名字这一问题，是日本学者小林義廣率先引述了周必大等人这一校记。不过，小林氏已经正确指出，周必大等人所说"今文集多以'修'为'脩'"，是针对《欧阳文忠公文集》卷一一二《举苏轼应制科状》这一篇文章中"行业脩饰"的"脩"字而发，所说"今文集多以'修'为'脩'"，也与欧公自称毫无关系，都是指这种做普通语辞用的"脩"、"修"二字，这一点是必须郑重指明的；更何况至少就周必大等人直接针对的这一例证而言，实际上，欧阳文忠公是沿承王羲之《兰亭序》中"脩禊"这样的用法，把后世通行写法中本该写作"修"的地方，写成了"脩"字，即把"修饰"写成了"脩饰"，恰恰进一步印证了欧阳文忠公在两义相通的情况更喜欢选用"脩"字。而明晰这一事实，也就意味着到目前为止，我们并没有看到欧阳脩本人接受或是默认屈从"欧阳修"这一"俗写"的任何事例,相反,倒是郑重致书友人,更正误以篆书"修"字来表述其本名的写法。"欧阳修"这一"俗写"的普遍行用,自是明北监本以及清朝殿版妄改正史题名所造成的恶果。

西洋人有俗语云:"人类一思考,上帝就发笑。"清朝学者看明朝文人胡乱窜改古书的行径,也会有同样的感觉。只是明朝聪明才子干出的糊涂事,实在太多了,已经不大笑得起来。我们生在清朝人之后,本当见怪不怪,但遇到了像妄改欧阳脩著述署名这样的荒唐事,看明朝那些人在改没了书的同时,连带着把人也给改没了,还真是让人哭笑不得。

2015年9月8日上午记

旧梦已非孟元老

编书著书，虽然说是作者自己的事情，但并不是所有的书，都能由着作者的性子来做。就作者的身份而言，一般来说，纯个人著述，应该尽量提出明确的见解。道理是，若没有明确的见解，你又写它做甚？但要是代表某一组织、某一机构，最甚者则是代表某一国家，以这些"权威"的名义来编著图书，处理的就要尽量稳妥，尽量体现能够切实论证过的、比较普遍的共识。

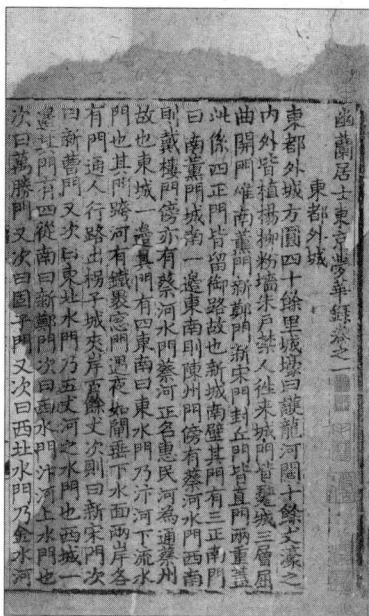

《国家珍贵古籍名录图录》影印元刻本《东京梦华录》

然而，近日翻检由"中国国家图书馆"和"中国国家古籍保护中心"共同署名编著的《第一批国家珍贵古籍名录图录》，看到其第00566号书籍毛晋、袁克文等旧藏元刻本《幽兰居士东京梦华录》，题署的作者姓名，是一个叫"孟钺"的人，不禁大吃一惊。

《东京梦华录》的作者叫"孟元老"，见于原书作者自序，所有传世旧本都是这样题署，其中也包括《第一批国家珍贵古籍名录图录》所著录元刻本经人抄补的序文，而传世宋本《郡斋读书志》，亦著录乃"孟元老记录旧所经历而为此书"（宋晁公武《昭德先生郡斋读书志》袁本卷五上"地理"类），历代相承，并无异词。

约至清朝同治年间前后，在北宋东京故城亦即清开封城中，有一位"喜收拾乡邦文献而不甚读书"的老儒（邓之诚语），名叫常茂徕，因为"孟元老"这个人在史籍中找不到记载，于是就查访到一个叫"孟揆"的人，将其坐实为《东京梦华录》的作者，说"元老"乃是这个人的字。

对这种无端的猜想，邓之诚先生予以严厉斥责，丝毫不予理睬。到了上个世纪八十年代之初，又有一位顾传渥先生，继续搜寻种种蛛丝马迹，重把《梦华录》的作者，考定为"孟景初"。不过

情绪牢落渐入桑榆暗想当年节物风流人情和美但成怅恨近与亲戚会面谈及襄昔后生往往妄生不然仆恐漫文论其风俗者失于事实诚为可惜谨省记编次成集庶几开卷得观当时之盛古人有梦游华胥之国其乐无涯者仆今追念回首怅然岂非华胥之梦觉哉目之曰梦遗关倘遇乡党宿德补缀周备不胜幸甚此录语言鄙俚不以文饰者盖欲上下通晓尔观者幸详焉绍兴丁卯岁除日幽兰居士孟元老序

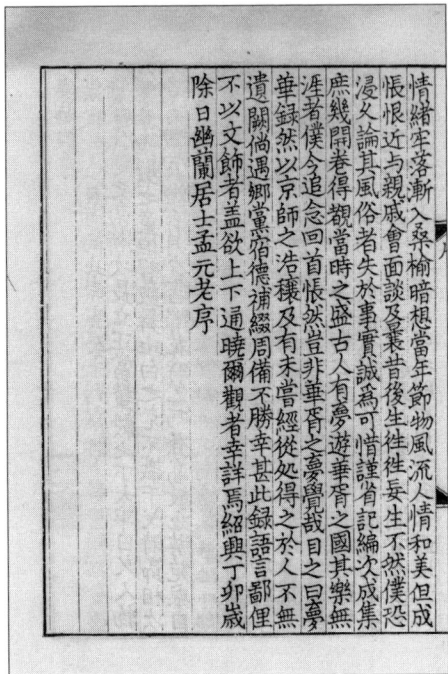

《国家珍贵古籍名录图录》著录元刻本《东京梦华录》卷首抄补的序文（据《中华再造善本》丛书影印国家图书馆藏元刻本）

右漢都水使者光祿大夫劉向撰文一卷莫知其為
誰續然亦載於崇文總目王回曾董此皆序之

古列女傳八卷

傳記類

□宗皇帝慶元三年云

圖之類也承安盖虜主璟之紀元也時惟丁巳乃

右金□名譚及增修朝官職事體給式服制地里

金□康安須知一卷

記錄舊所經歷而為此書坦庵趙師俠識其後

辛第□是甚詳而不及卷陌店肆即物時好孟元老

右夢想東都之錄也宋敏求京城記載坊門公府宮

夢華錄一卷

午以後續之為五卷

右嘉定庚午藩侃重編郡守鄭昉誌于後希弁自庚

附錄六卷

仰山学子惠朝實錄二十八卷太平興國禪寺

右建安祝穆和父編新安呂午伯可序

方輿勝覽四十三後集七卷續集二十卷

右長沙易祓校編而為之說

禹貢疆理廣記六卷

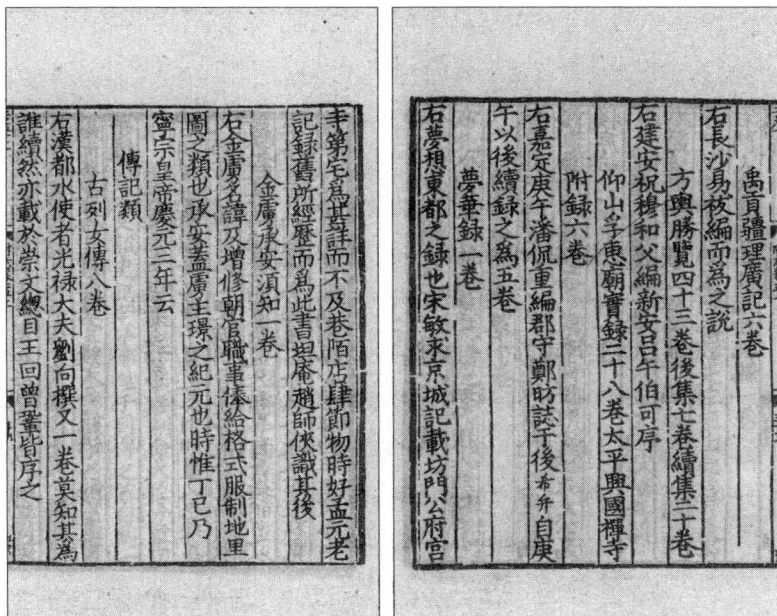

《续古逸丛书》影印故宫博物院藏宋淳祐袁州刻本《郡斋读书志》

这位孟景初，实际上还是孟揆，即其人本名"孟揆"，"景初"是他的字，"元老"则是另一个字；不过以字行世而已。君不见屈原《离骚》，一开篇就吟诵说："帝高阳之苗裔兮，朕皇考曰伯庸。摄提贞于孟陬兮，惟庚寅吾以降。皇览揆余于初度兮，肇锡余以嘉名。""揆"在这段诗句的字面上就有，"元"对应于"初度"（同时还兼切其老大这一排行），也可以对应于"景初"。看起来，这种说法也像是有典有据（顾传渥《何人孟元老》，刊《南充师院学报》1981年第1期）。

就在顾传渥先生发表其考订成果的前一年，孔宪易先生对《东

京梦华录》的作者，也提出了自己的推断。孔先生推断说，所谓
"孟元老"，本名孟钺，是孟揆子侄辈人，在北宋时期，曾做过
开封府仪曹。有意思的是，孔宪易先生并没有说明，为什么《东
京梦华录》的作者不能就是"孟元老"，而非得要给他另外再找
个名字不可（孔宪易《孟元老其人》，刊《历史研究》1980年第4
期）。——这一点，其实是所有非要给《东京梦华录》一书另寻作
者的人都没有能够清楚回答的问题。

孔宪易的考证，本来没有什么信得过的证据，得出的结论，顶
多只能说是或许有这样一种可能性。可是，不知为什么，《中国大
百科全书》竟很轻率地采用了他的看法。至2006年，李致忠先生不
知是不是受到了《历史研究》这种所谓"权威刊物"的鼓舞，复又
发表了一篇题作《〈东京梦华录〉作者续考》的文章，推波助澜，
试图进一步证成其说。然而，说来说去，同样没有一句靠谱儿的论
证（李文载《文献》2006年第3期）。

譬如，《东京梦华录》原书篇末述云：

> 凡大礼与禁中节次，但见习按，又不知果为如何，不无脱略，
> 或改而正之，则幸甚。

这句话本清楚显示出作者社会地位较低，也不应像孟钺其人那样，
家族中有地位较高的人，能够亲身参与朝廷重大典礼，或可出入禁
中。孝宗淳熙间人赵师侠，在刊刻此书时也评议说："幽兰居士记
录旧所经历为《梦华录》，其间事关宫禁典礼，得之传闻者，不无

谬误。"孔宪易先生对此深感为难，只好用"孟元老晚年谦逊之词"这样明显违背人情事理的糊涂话含混搪塞；李致忠先生对这一难题，亦同样束手无策。

不仅如此，李致忠先生还在孔宪易先生旧有论述的基础上，增添了很多像这样似是而非的糊涂话。例如，孟元老在序言中说："仆数十年烂赏迭游，莫知餍足。一旦兵火，靖康丙午之明年，出京南来，避地江左。情绪牢落，渐入桑榆。暗想当年，节物风流，人情和美，但成怅恨。"这本来是讲南迁之初，北人恒所固有的低沉情绪，李致忠先生却强作解人，硬是要把"情绪牢落"一语，指实为孟元老在长辈家族人物遭到高宗罢废之后"内心不悦"的反映，是因为自己家族政治地位黜落所造成的"惆怅不悦之情溢于言表"，由此愈加证明"孔先生'孟钺即孟元老'之说，确属可信"。这实际上却是荒唐得令人失语。

最可笑的解释，是李致忠先生对"元老"二字语义的阐发。昔邓之诚先生在批驳清人常茂徕的说法时，尝有语云：

> 元老本末不详。有常茂徕者，开封老儒，同治中犹存。喜收拾乡邦文献而不甚读书，改窜《如梦录》，令人叹恨，即其人也。不知宋人多以老命名，竟谓"元老"是字。奇想天开，坐实"元老"即孟揆。观其称朱勔为太守，胸无黑白可知。（邓之诚《东京梦华录注》自序）

李致忠先生直接针对上述论断，生发了一段很奇妙的言论：

说"元老"是孟揆或孟钺的字,恐不可能。且不说宋人有没有
"多以'老'命名"的习惯,单说以"元老"署名者,则非天子老
臣,即资深高望的旧臣,这两者对于戴罪的孟揆或官微资浅的孟钺
来说,大概都不适合。唯一的解释是孟钺从靖康二年(1127)避地
江左,到为《梦华录》写序的绍兴十七年,整整过了二十年,真是
到了"渐入桑榆"的晚年。这时从汴梁过来的遗民老人也好,江左
旧籍的老人也好,凑在一起常听孟钺谈论当年汴梁的古迹旧闻,觉
得他不愧为汴梁掌故的"元老",故戏以"元老"称之。因此,我
认为这个"元老",很有可能是孟钺老来的俗谓"官"称,故拈来
为《东京梦华录》自序署名,正是其回避真实用名的好办法。

用现在年轻人通行的俏皮话讲,李先生这些话,可真的是让人脑洞
大开。

邓之诚先生,是有学问的人。所谓"有学问",在很大程度上
讲,首先是读书多。你要是没有读过那么多书,最好还是先尊重前
辈读书多的人业已做出的判断,不宜在没有充足理由来否定其说法
的情况下,就很冒失地讲什么"且不说宋人有没有'多以"老"命
名'的习惯"。

赵宋时人惯以"老"字命名,这既不是邓之诚先生信口开河,
也不是他的发明。早在清朝乾隆年间,赵翼就已经注意到这一情
况。《陔余丛考》卷一八"宋人字名多用老字"条考述说:

唐臣有薛廷老,又范传正字西老,此偶见也。

　　宋人字、名则好用老字。其以为名者，如胡唐老，靖康时御史；王同老，王尧臣之子，见富弼传；孟唐老，宋末人，与元兵战；孟元老，作《东都旧事》者；苏元老，苏辙族孙，见辙传；王廷老，字伯扬，见刘挚奏疏及王古传；陈朝老，太学生，见何执中及蔡京传；赵学老，赵野之子，见野传；杜莘老，宋史有传；王涣老，王回子，见邹浩传；胡唐老，宿之曾孙；刘唐老，见任伯雨传；高商老，见黄干传；刘德老，见李翼传。上俱《宋史》。李商老，公择侄孙，见《东莱诗话》；曹醇老，见《瓮牖闲评》；俞冯老，见《萤雪杂说》；郑唐老，见陆游诗；李汉老，见《隐窟杂志》。

　　这种事，用行话来讲，就叫"通例"。既然是"通例"，也就只能依循其一般规则，予以疏释，而不宜像李致忠先生这样不管不顾，自说自话。简单地说，这本是寄寓着一番年岁长久的期愿，犹如汉朝人命名乐用的"千秋"、"万岁"或是"延年"、"益寿"之类的吉祥词句。

　　正是因为宋人确确实实地存在"多以老命名"的社会现象，邓之诚先生才会把"孟元老"一名，视作很平常的事情，殊不必横加别解，故云如常茂徕辈好事之徒，洵属"胸无黑白"。李致忠先生竟以今日新闻纸上的"元老"向上径推至北宋，所说难免令人齿冷。

　　李致忠先生的新奇说法，既然难以服众，于是，也就有人继续探微索隐，非要在孟元老之外，给《东京梦华录》再找到一位新的

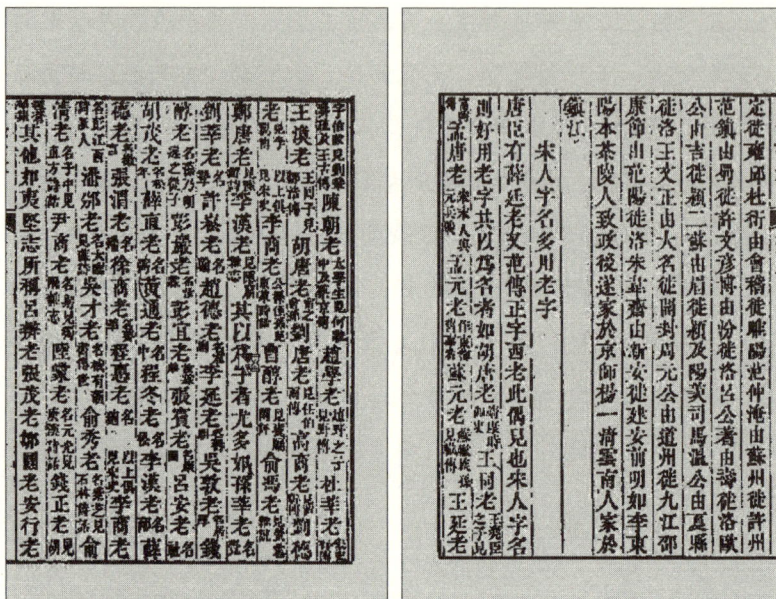

清乾隆五十六年湛贻堂原刻本《陔余丛考》

作者不可。进入21世纪以后，又有伊永文先生，连作者的姓氏也彻底改了，非说它是赵宋皇族中人赵子淔的作品不可（伊永文《孟元老考》，刊《南开学报》2011年第3期）。有什么比常茂徕、顾传渥、孔宪易或是李致忠更有说服力的证据没有？同样没有，同样只是一种很不靠谱儿的猜想。好在伊氏心存审慎，在中华书局出版的《东京梦华录笺注》，还是依旧题作"孟元老撰"。

如此慎重其事，多提出一些想法，哪怕稍显离奇，对学术研究的发展，也会多少有所帮助，至少会有所启迪。然而，要是把这样一些缺乏充足证据的假说，列入《中国大百科全书》，就有些过于草率了。若是再像李致忠先生那样，动用担任"常务主编"的权力，把"孟钺"这一假想的作者，硬行塞入《国家珍贵古籍名录图录》这样的古籍版本鉴定指南性典籍，所带来的消极后果，简直可以说是灾难性的了。——毕竟这种书主要是给研治书衣之学的专家看的，而吾国的现实，是这类专家，大多顾不上翻阅书瓢的内容。因而实在担心《国家珍贵古籍名录图录》的"权威"，足以致使各大图书馆都把孟元老的旧梦，改换成"孟钺"其人神游故国的经历。八百多年，好好地过去了，孰知有朝一日，竟会梦是人非。

2015年11月16日晚记

同老名号考
——谨以此文献给六十大寿的同老

"同老"是网络江湖上很有名的名号。说它有名，不是"幡司"（fans，意译：打小旗儿的）的绝对数量，而是其相对层次，简单地说，高大上，响而亮。

幡司之于偶像，之所以会称作"追捧"，就是不问究竟，不明就里，不管其真身色相究竟是怎样一番光景，也不顾山高水远，云遮雾绕，推金山，倒玉柱，纳头便拜。即以"同老"这一法号而言，我想绝大多数信众，恐怕根本不知所以然也。

话说历史上以"老"为名的名人，首推大宋朝写下那本《东京梦华录》的孟元老。有人说"元老"这两个字有欠雅驯，根本就不像个人名，顶多也就是孟夫子家什么后人取的"字"，比如孟揆，再比如孟景初（这俩好像还是一个人）。屈原《离骚》一开篇就吟唱说："帝高阳之苗裔兮，朕皇考曰伯庸。摄提贞于孟陬兮，惟庚寅吾以降。皇览揆余于初度兮，肇锡余以嘉名。""揆"在这段诗句的字面上就有，"元"对应于"初度"，也可以对应于"景初"，看起来也像是有典有据。

但给《东京梦华录》作注的邓之诚，却不这么看。邓氏厉声贬斥此等人乃胸无黑白而奇想天开，"不知宋人多以老命名"，孟元老者不过循此常例而已。五石斋主的批驳，寥寥数语，没有做过多阐释，这是因为清人赵翼在《陔余丛考》一书中曾列有"宋人字、名多用老字"这样一个专条，或为名，或为字，都举述了长长一大串人，若非"胸无黑白"亦即目不识丁之人，固已毋庸赘言（至于孔宪易、李致忠等连这点儿关联也不讲，硬说孟元老本名"孟钺"，伊永文甚至把《梦华录》的作者说成了皇帝的本家，也就是赵家人中的一员赵子渲，更是令人无语）。

问题是宋人为什么喜欢以"老"为名？在宋史专家虞云国先生主编的《宋代文化史大辞典》中，列有"老、叟、翁"条目，以为"此风之盛既有以老自尊、自恃的因素，又寓称老避世之意"。若谓自己成人之后以号相称，这两种解释至少对一部分人应该是合理的，但爹娘给子息取名，谁会让小孩子"以老自尊、自恃"呢？又会有多少人让小孩子来"称老避世"呢？所说似乎不大靠谱儿，至少无法全面反映宋人取名的用意。另有邓子琴先生著《中国风俗史》，论及此事，竟谓宋人名字用"老"系"民族衰弱之证"，更是丈二和尚，让人摸不着头脑。

既然如赵翼所归纳，宋人习以"老"字为子孙取名，那么，依照国人习俗，这种普遍应用的"老"字只能是一种寄寓美好期盼的吉语。检核"老"字的各项语义，恐怕只有年岁长久这一内涵，最为契合此意。

宋代流传下来一本小书，名《绍兴十八年同年小录》。该书一一开列这批同年进士的姓氏和名、字以及小名、小字，上述推断从中可以得到验证。

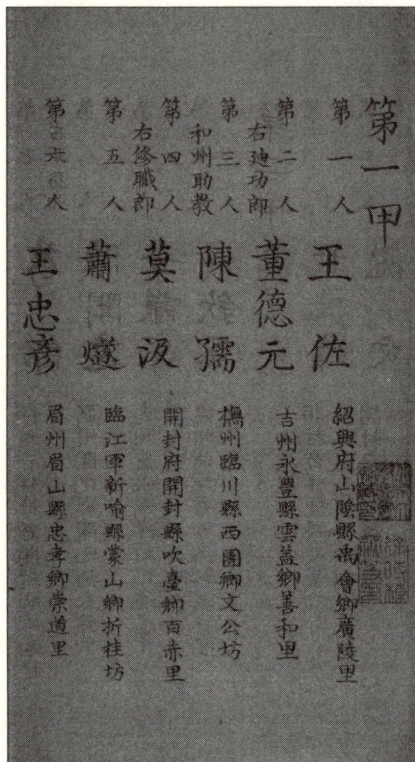

大仓文库旧藏清道光抄本《绍兴十八年同年小录》

　　如《小录》第四甲第十人黄适中，字德正，小名徐老，小字寿期；第五甲第七十二人李兼善，字达臣，小名顺老，小字元寿。其小名"徐老"的"徐"字和"顺老"的"顺"字本身，并无长寿之义，故"寿期"和"元寿"这两个小字，对应的明显是"徐老"、"顺老"这前后两字紧密结合在一起构成的语义，亦即"安舒寿老"或"安顺寿老"。再如《小录》第五甲第十三人李升，字上达，小名元老，小字大年；第三十四人魏宪，字昭度，小名道护，小字元老。其"元老"与"大年"、"道护"与"元老"这两组小名同小字之间，也清楚体现出"老"字长寿的语义。又如《小录》第五甲第一百二十八人谭守约，字要道，小名公寿，小字宜老，其小名、小字中的"老"、"寿"二字，更是直接相对。

　　"老"这一接尾词在与本身就具有延年增寿语义的词汇搭配或

与其他文字结合成为具有这一语义的词时，其祈愿年高寿永的用意，愈为明显。如《小录》第三甲第二十一人张伟，字书言，小名彭老，小字寿乡；第四甲第三十九人李进修，字及时，小名彭老，小字彭老；第八十四人雷行之，字舜举，小名寿哥，小字彭老；第五甲第五十八人叶元凯，字舜卿，小名寿孙，小字彭老；第九十三人方师尹，字民瞻，小名彭老，小字元寿；第一百一十四人张宗沆，字次山，小名寿老，小字椿年；第一百二十一人张密，字显仁，小名彭老，小字建寿；第一百二十九人黄嗣廉，字景美，小名椿老，小字伯寿；第一百三十九人陈王宾，字晞尹，小名祖年，小字延老；等等。

因祈愿长生久视而撷取嘉名，是"自古以来"的传统。汉朝人通用的此等名字，除了延年、益寿之类外，更有像彭祖、千秋、万岁这样的直白形式，当时教人识字的《急就篇》，就有例句云宋延年、卫益寿、萧彭祖、周千秋、邓万岁，足见其应用之普遍。至北朝时期，社会上盛行的具有类似寓意的名字，有长命、百年和千秋、万岁等，隋代犹有名将史万岁，唐将亦有名刁万岁者。然至赵宋一朝，万岁已属尊颂帝王专用词语，世俗未敢再有行用此名者（赵翼《陔余丛考》有"万岁"条，可参看）。然而，如上文所述，民俗随时而变，宋代也有新兴的替代方式，名"某老"或字"某老"，就是其中之一。

南宋高宗绍兴十八年考中进士那位李升，小名元老而以"大年"为小字，已经清楚表明，如孟元老者，亦即犹如孟延年、孟益寿而已。明此通例，我们也就有理由推断，某人在网络上自称"同老"，也就等同于以"千秋"、"万岁"为号。不信再看《小录》中之第五十一人胡百能，字少明，小名就叫"同老"，而他的小字是"祖寿"，足证"同老"者，万岁爷也。

2015年11月18日记

【附记】好友胡宝国先生在新浪微博上的网名为"@北京同老"。按照中国旧时算法，2016年1月20日，为宝国兄六十寿庆，故预撰此文为寿。至寿庆日，始公布在我的微博上。

辛德勇小传

1959年8月，我出生在内蒙古东部呼伦贝尔盟境内一个叫那吉屯的小镇，是阿荣旗人民政府的所在地。辛德勇这个名字，是爸爸给起的。"辛"当然是姓。小时候听一位"六爷"讲，祖上最初是在山东莘县。属实与否，无从稽考。爷爷从辽宁开原县，逃荒来到这里，在父亲未成年时，就已经病逝。外祖父家原来也在辽宁，是住在与开原毗邻的西丰县，同样是逃荒北迁到阿荣旗。妈妈的名字叫修雅莲，是她参加工作以后自己改的。爸爸辛明昶，这个名字却是爷爷给起的。父亲是"明"字辈，我这辈人轮到"德"字。姓不能改，辈儿也不能动，爸爸给我琢磨的名字，其实只有一个"勇"字。

在那吉屯上到小学五年级，爸妈的工作转迁到扎兰屯（是呼伦贝尔盟属下布特哈旗的治所），但在我高中毕业前，他们又调动工作到海拉尔市。1977年夏，我在海拉尔市第三中学毕业，到黑龙江省大兴安岭地区西林吉镇，"上山"做了很短暂一段时间林木采伐工作。寻即回到海拉尔，参加了"文革"后大学恢复招生的第一次高考，进入哈尔滨师范大学地理系学习。

报考时本来填的是文科，一心想上中文系。拿到录取通知书，难受得差点儿哭出声来。"文革"十年，大学没有招生，以致七七级的入学考试，很多省份都误把地理系当成了文科。大学一年级，把绝大多数课外时间，都给了中国古典文学。战线拉得太长，实在有些疲敝，不得不在自己的爱好和现实处境之间，做出妥协和调整。于是，就选择了历史地理这个学科，作为自己的专业方向。这既将就了读地理系这个现实，又在一定程度上满足了对古代文史的爱好，实在是不得已而为之。

本科时阴差阳错读的这个专业，实际上给我后来的学术发展，奠定了非常重要的基础。这不仅是指系统的地理学专业知识，更重要的是高等数学等理科基础课程，给我以严密精准的逻辑思维训练，受益无穷；甚至可以说上大学最大的收益，就是学习了高等数学。

大二时开始给一些历史地理学的老前辈写信求教，陕西师范大学的史念海先生，给了我最多的鼓励和教诲。到毕业时，前后通信十几通，先生几乎每次都亲笔解答我的问题。就这样，在1982年春，顺理成章地投到史念海先生门下，连续读取了历史地理学的硕士和博士学位。老师传授的治学方法，可以简单概括为：放宽视野，读书得间，重视传世基本史料，再加上头拱地往前爬，"宁可劳而不获，不可不劳而获"，切忌空谈理论、理念、境界、范式、方法之类不着边际的东西。博士毕业后，又留在陕西师范大学工作了四年，前后在古长安城中居留十年。

在陕西师大读书和工作期间，除了导师史念海先生的言传身教之外，我还十分幸运地得到黄永年先生的悉心教诲和百般呵护，视同入室弟子。由于性情相近，志趣相投，在恪守史念海先生所授治学准则的同时，具体的研究路数，效法于黄先生者更多。

1992年，我从西安，转调北京，到中国社会科学院历史研究所工作。先后担任过历史地理研究室主任和历史研究所副所长，兼任社科院研究生院历史系主任和《中国史研究》主编。2004年，又转调到北京大学历史系教书，直到现在。

在黄永年先生的引领下，我对版本目录学知识产生了浓厚的兴趣。这些知识，帮助我扩展视野，使研究范围，稍有外延，时时轶出于本专业之外，横通一些其他领域的问题。到北大后，我一直承担着历史地理学和历史文献学两个方面的研究和教学工作。到目前为止，除了本专业历史地理学之外，在研究中还触及地理学史、政治史、学术史、印刷史和目录学、版本学、年代学、碑刻学以及古代天文历法等诸多领域的问题；所涉及的时代，也从上古延展到近代，无意拘守于一隅。至于具体的选题，我更喜欢尝试解决一些艰深疑难的问题，特别是那些前人反复探究却依然缠绕未解的"死结"，而不愿意做所谓通论性的梳理和归纳。

读自己喜欢的书，做自己喜欢的研究，同时也在教书中自得其乐，这是我过去的经历，也是今后的生活。

2015年3月31日记

图书在版编目（CIP）数据

那些书和那些人 / 辛德勇著. —杭州：浙江大学出版
社，2016.10（2020.5重印）
ISBN 978-7-308-16155-8

Ⅰ.①那… Ⅱ.①辛… Ⅲ.①随笔-作品集-中国-
当代 Ⅳ.①I267.1

中国版本图书馆CIP数据核字（2016）第204946号

那些书和那些人

辛德勇　著

责任编辑	宋旭华
责任校对	郭建中
封面设计	项梦怡
出版发行	浙江大学出版社
	（杭州市天目山路148号　邮政编码310007）
	（网址：http://www.zjupress.com）
排　版	浙江时代出版服务有限公司
印　刷	浙江印刷集团有限公司
开　本	880mm×1230mm　1/32
印　张	5.75
字　数	123千
版 印 次	2016年10月第1版　2020年5月第4次印刷
书　号	ISBN 978-7-308-16155-8
定　价	49.00元